Le destin de
Madame Picmol

Claudie Pernusch

Le destin de Madame Picmol

ROMAN

Albin Michel

À Pierre Roudy

1

– Bon sang, Pupuce ! On est au paradis !

Mme Picmol traverse sa chambre, ouvre sa porte-fenêtre, sort et s'immobilise :

– Non mais vise-moi ça, Pupuce...

Le ciel est bleu, la montagne est blanche. Des patineurs patinent sur un lac gelé. Tenir sur une lame de couteau, ça, c'est coton, songe Mme Picmol, béate sur son balcon.

– Comment qui font, hein Pupuce ?

Pupuce s'en fout. Il pisse.

– Attends où c'est-y qui a une serpillière mets pas les pattes dedans que je trouve rien. Pour le prix comme si la serpillière pouvait pas être comprise. Enfin.

Mme Picmol rentre dans la chambre, fait les pointes en après-ski, ouvre un sac, prend le rouleau essuie-tout qui la suit partout.

Voilà, c'est fait. Mme Picmol ressort.

– Regarde-moi ça si c'est pas beau mon Pupuce ! Tout ce qu'on s'est privé depuis huit ans... tout ce qui nous a filé sous le nez ! Tu veux que je te dise, Pupuce ? C'est jamais bon de faire partie du peuple. *La Marseillaise* et allons-y-z'enfants de la patrie vous faire hacher menu formez quand même les bataillons mes mignons et fermez vos gueules s'il vous en reste, tout ça, moi... Au fond le peuple, c'est qu'un plat de nouilles biologiques. Eh bien ces nouilles-là, elles se passeront de nous. Mamine a assez donné, hein Pupuce ? Ouais ouais ouais... Alors maintenant, qui c'est qui va se faire servir comme des rois ? Hein ? Qui c'est ?

Du haut de son balcon royal, Mme Picmol se pavane. S'arrête. Inspire. Expire. Et ne sait plus où donner des yeux. Dehors ? Ou dedans ? Elle choisit dedans. C'est le plus avantageux. De dedans, elle verra dedans et dehors au chaud. Tandis que de dehors elle verrait dehors et dedans au froid.

Mme Picmol rentre dans sa chambre, se déchausse en prenant son temps. En essayant de prendre son temps. Elle a payé le temps de prendre le temps. Mais comment ? Là. Mme Picmol a un problème. Il lui manque le mode d'emploi. Mme Picmol veut trouver la clé du temps, celle que détiennent les reines, les actrices, les célébrités qui, elles, ont toujours l'air de savoir profiter.

Un bas roulé sur sa cuisse, Mme Picmol hésite : pour profiter du temps, il faut l'économiser ou le regarder passer ? Agir vite dans un minimum de temps ou ne rien faire dans un maximum de temps ?

Mme Picmol décide de panacher. Elle ne fera rien dans un minimum de temps. Après elle verra.

Un pied sur le rebord du lit Mme Picmol retire lentement son après-ski droit, puis l'autre, prend son essuie-tout, essuie minutieusement les semelles, place ses chaussures dans le rangement à cet effet situé dans l'entrée puis jette un regard attendri sur les longs poils de ses après-ski. Ils lui rappellent les lévriers afghans d'Estie, sa princesse préférée. C'est pourquoi elle les a choisis.

Mme Picmol ouvre sa valise codée. Elle en sort des chaussons en satin noir, avec un pompon comme la queue de Pupuce. C'est aussi pour ça qu'elle a choisi ces chaussons-là. Des chaussons qui ont un autre avantage, n'ont pas l'air de faire le ménage. Pour une fois que.

Les orteils étonnés de Mme Picmol s'entrouvrent délicatement, s'étalent, s'épanouissent. Mme Picmol a l'impression d'avoir des pieds en fleurs. Puis l'image de Mme Danfert, sa crémière, lui traverse l'esprit :

– Tu vois Pupuce, y a les camemberts faits à cœur, mais y a aussi les moquettes. Les moelleuses de partout, Pupuce, sans un fil rêche.

Divorcée après neuf ans de mariage, puis solitaire depuis des lunes, Mme Picmol a pris l'habitude de parler toute seule. Maintenant c'est bien, elle a son chien.

Mme Picmol observe les pattes de Pupuce. Et les envie. Pupuce est avantagé. Lui, garde le contact direct avec la moquette. Mme Picmol veut comme Pupuce. Elle veut le contact direct.

Mme Picmol retire ses bas.

Y a pas à dire, Pupuce, c'est mieux que du

cygne ou de la soie. Ou même du mohair. Non... c'est comment qu'on dit déjà la laine qu'on paie le prix du caviar ? Attends Pupuce, c'est quoi cette porte... Boudiou ! Vise-moi la penderie ! Ils l'ont aussi capitonnée à l'intérieur dis donc ! Comme les lits et les fauteuils ! Ils auraient pu aussi capitonner l'intérieur du trône tant qu'ils y étaient. Dis donc Pupuce, à propos de fauteuil, lequel que tu prends ? Vu le prix qu'on paie, hein, on va pas mettre dessus ta couverture. Tu peux salir un tout petit peu, va, Pupuce. Encore que t'es bien plus propre que ceusses que je connais aux Tilleuls et qui font. On dira pas ce qui font. On va pas se gâcher le paradis avec des souvenirs *stacacalogiques*. Tu connais pas ce mot, Pupuce, c'est du littéraire. Qu'est-ce que je disais ? Ah oui. La gardienne des Tilleuls, terminé plié. Existe plus pour un mois. Oui messieurs-dames, Mme Picmol et son caniche Pupuce ont la joie de vous informer qu'ils prennent leurs quartiers d'hiver. C'est chic, ça, les « quartiers d'hiver ». Ça rappelle une orange givrée. En plus au Chamois d'Or... c'est *le mec plus utra*, comme on dit.

Le rêve de presque toute une vie, ce Chamois ! Le rêve d'une vie de gardienne qui lisait la vie. Des princesses à la mer. À la montagne. C'est fragile, les princesses, songeait Mme Picmol, les mains dans ses lessives. Les princesses, leur faut du bon air. Forcément à force, l'air des châteaux c'est malsain.

À part Pupuce, les princesses sont la passion de Mme Picmol.

Sa préférée son idole, c'est celle aux lévriers : la princesse Estelle. « Estie » pour les intimes, c'est-à-dire pour tout le monde.

– Elle est si jolie, Estie. Et d'un chic ! Pupuce. Un rien l'habille. Les robes de Grand Guignol qu'on voit défiler chez les couturiers, sur elle, faut voir comme elles tombent... la classe ! Et les petits princes ? Les amours. Leur chauffeur les accompagne à l'école publique. Oui Pupuce, publique. Et faut les voir les chérubins quand le chauffeur ôte sa casquette et leur ouvre la porte de la Rolls et qu'ils entrent en toute simplicité les pauvres mignons dans la cour de récréation de l'école communale publique comme tout le monde.

Mme Picmol connaît tout sur Estie. Elle la suit depuis qu'elle est petite, alors forcément, Estie c'est un peu sa fille. Parce que l'autre, la vraie... la Lorraine au sud de l'Afrique... Enfin voilà. Mme Picmol a choisi le Chamois. La montagne en hiver, dans un chalet de carte postale, c'était son rêve. Ce Chamois souvent photographié dans les magazines avait tout pour lui plaire. Et il est situé à deux pas du château d'Estie !

Huit ans d'économies.
Sur tout.
Même sur les allumettes et le papier toilette.
Seul luxe : Pupuce. Nourri, soigné, bichonné.

Huit ans d'économies comme autant de coups d'épée dans l'eau. Le Chamois ne s'appelle pas d'Or pour des quetsches. Or, voici deux mois, un miracle tomba du ciel sur la tête de Mme Picmol. Un héritage qui n'arrive pas qu'au cinéma : une cousine sans proches héritiers venait de se rompre le cou à la pêche aux moules.

Tout l'héritage de Mme Picmol pour un mois au Chamois.

Mme Picmol, de son prénom Angélique, pleura de joie.

Elle ne fréquentait pas sa cousine. Et même, ne l'aimait guère. Mais Mme Picmol a de la morale. Avant de venir au Chamois quatre étoiles, elle eut à cœur de fleurir la tombe de la défunte d'une gerbe orange et bleu canard où l'on pouvait lire : AVEC LE GROS MERCI DE TA COUSINE ANGÉLIQUE.

– Dis-donc Pupuce, t'as vu la salle de bains ? Ils ont une baignoire grosse comme une baleine. Et pourquoi qu'ils l'ont juchée sur une estrade ? Remarque, si y a des comédiens, ils peuvent réciter dans leur bain... Oh les robinets ! C'est sûrement de l'or plaqué. Ou pas plaqué. On sait pas. Pis alors tous ces boutons, moi... Faudrait suivre des cours, avant d'aller dans les palaces. Des cours de palace, quoi.

C'est vrai ça. Quand même, quand on sait pas ? Y a pas de honte à apprendre. Pas vrai Pupuce ?

Mme Picmol s'installe dans un fauteuil. Elle tortille son arrière-train, le déploie, le cale minutieusement de façon à ce qu'il occupe toute la largeur du siège. Elle tourne la tête à gauche, à droite, s'applique à poser ses coudes l'un après l'autre sur les accoudoirs, essaie de renverser la tête en arrière, de poser sa nuque sur le dossier. Mais le dossier est trop haut, trop droit. Le menton de Mme Picmol fait une petite vague. Mme Picmol s'agite, rougit, transpire, s'évente.

– Dis donc Pupuce, tu trouves pas qu'ils chauffent comme des malades ? Ils vont nous faire pousser des microbes. Parce que là où elle se trouve, la Lorraine, avec la chaleur... y en a un paquet de microbes.

Mme Picmol ouvre la porte-fenêtre. Se rassied.

Elle contemple les doubles rideaux en velours d'or rouge, les murs de satin rosé, la glace biseautée, les poutres, le bouquet de roses fraîches sur le guéridon de l'entrée, la corbeille de fruits sur une sellette, l'armoire printanière avec ses fleurettes peintes, le fauteuil à bascule, la causeuse lilas comme les fauteuils, les chocolats dans leur coupelle, le bureau assorti à l'armoire fleurie. Le poêle en faïence immaculée qui rappelle à Mme Picmol un gros bloc de chocolat blanc. Mme Picmol aime le chocolat. Une larme roule sur sa joue. C'est tout ce luxe. Faut dire. Dire que tout cela... Pour les autres. Mais elle, non. La loge des Tilleuls. Le ménage. Matin et soir les six étages. Les varices. Les courants d'air. Le dos courbé. Non. Elle n'avait pas pu profiter. C'est quelque chose, quand même, le luxe... Il allait falloir lui parler. L'apprivoiser comme un perroquet. Comment ça s'apprivoise, un perroquet ?

Mme Picmol étudie. Une carte avec des chiffres, des nombres. Des phrases en plusieurs langues. Des langues pas de chez nous. C'est long. Fatigant. Mme Picmol ne savait pas que pour se servir du service il faut d'abord se mettre à son service.

Le 30. C'est le 30 ! Mme Picmol a compris. Et vérifie.

– Allô bonjour monsieur nous voudrions deux bols de chocolat bien chaud.

La voix d'en bas faite pour obéir à la voix d'en haut fait des révérences. Ça rappelle un peu les Tilleuls, la révérence aux étrennes, la dignité qui traîne.

– De suite, madame, avec plaisir, madame, dit la voix d'en bas qui se penche vers le haut avant de raccrocher.

Mme Picmol s'affole. Elle n'a pas précisé le numéro de sa chambre. Ni son nom.

– Comment qui vont savoir, Pupuce, qui leur a téléphoné ?

Mme Picmol n'ose pas rappeler. Dire qu'elle est Mme Picmol du quatrième étage de la chambre 9. La plus belle chambre de l'hôtel à part les trois suites. Dans son fauteuil lilas, Mme Picmol s'agite.

Le chocolat magique arrive.

C'est la cérémonie.

Chocolatière en argent. Cuillères en argent. Plateau en argent. Trois fraises, quatre petits fours. Une rose. Encore. Et l'homme en rouge et noir, les cheveux argent, si vous avez besoin de Madame.

Mme Picmol se lève. Esquisse une révérence. Oublie qu'ici les serveurs ressemblent à des seigneurs. La prochaine fois elle fera attention. Heureusement qu'ils ouvrent et ferment des portes, qu'ils marchent avec des plateaux, qu'ils rient jamais. Sinon on pourrait pas faire la différence. Qui donne le luxe, qui le reçoit. Tous ces torchons qui ressemblent à des serviettes.

– Arrête, Pupuce ! Que ton chocolat est bouillant ! L'argent c'est beau mais alors qu'est-ce que ça brûle. Eh bé dis-donc... jamais vu du chocolat aussi épais. Quelle purée. Attends Pupuce, Mamine va te le transvaser dans un verre à dents.

Mme Picmol transvase le chocolat dans le verre à dents. Elle songe à sa princesse Estie si jolie. Estie si proche du Chamois d'Or. Et elle. Ici.

Le chocolat ne refroidit pas.

Mme Picmol en verse la moitié dans le lavabo saumon. Le saumon devient chocolat.

La moitié du chocolat encore dans la chocolatière s'allonge sous l'eau froide du lavabo saumon chocolaté. Voilà Pupuce.

Pupuce boit.
Mme Picmol boit.

Le pompon de la queue de Pupuce balaie le vase. La rose fleurit la moquette. Mme Picmol se baisse. Ramasse. Éponge. Un instant elle se croit aux Tilleuls. Mais non. La nuit est déjà tombée. Des réverbères dorent la neige. Il vente. L'enseigne du Chamois se balance. C'est bientôt l'heure de dîner.

2

– Par ici, madame.

D'un sourire formel, le maître d'hôtel invite Mme Picmol à le suivre.

Mme Picmol s'élance dans la salle à manger aux lambris sculptés, retient son souffle au milieu des dîneurs sous une pluie de lampes roses, de gravures, de cuivres et de fleurs, de fruits échafaudés, d'horloges brunes, de rideaux blonds.

Le maître d'hôtel désigne une table.

– Cela vous convient-il, madame ?

– Oh oui monsieur ! Merci beaucoup monsieur.

Pile quand Mme Picmol veut s'asseoir, le maître d'hôtel bouge sa chaise.

– Euh...

– Oui, madame ?

L'ironie perce sous la déférence du maître d'hôtel. Mme Picmol s'en aperçoit. Elle a dû sauter une case. Elle regarde autour elle. À la table voisine, un serveur et son client exécutent le même ballet. On s'avance le derrière sur la chaise pendant que l'autre, là, le serveur, il pousse en même temps la chaise... Ça encore, c'est coton. On loupe son coup, et. Mme Picmol a vu des films avec Charlot. Faut surtout pas qu'elle y pense. Mme Picmol et le maître d'hôtel s'élancent. Et réussissent.

– Merci beaucoup, monsieur.

– Mais je vous en prie, madame. Prendrez-vous un apéritif ?

Mme Picmol commande un porto. Puis elle sort de son sac une bouteille en plastique avec de l'eau et un bol en plastique qu'elle utilise en camping. Enfin qu'elle utilisait quand elle faisait du camping avec Émile, son ex-mari. Ce bol quand même quelle relique. Le plastique bien vieux colle un peu. C'est le bol de Pupuce. Ici les chiens « de petite taille » sont acceptés dans la salle à manger. Mme Picmol s'était renseignée avant de réserver.

Aujourd'hui, c'est l'anniversaire de Pupuce. Il a trois ans. Pupuce a dîné en haut, dans la belle chambre. Mme Picmol a fait sa petite vaisselle avec un produit bio. Dans la salle à manger Pupuce aura droit à son gâteau. Y a pas de raison.

Les dîneurs s'installent sous la vigilance bienséante du maître d'hôtel.

L'homme impressionne Mme Picmol. Cet œil vif, autoritaire. Il pourrait aussi bien être celui d'un chef d'orchestre.

Mme Picmol choisit un potage aux truffes, des filets de sole. Elle soulève un couteau. Il pèse du plomb mais c'est de l'argent se dit Mme Picmol qui admire. Tout. La salle, le service, les couverts. Les gens, surtout. À côté d'elle, à sa gauche, on commande d'une voix négligente. Soudain le maître d'hôtel ressemble à un cireur de bottes. Mme Picmol se trouble.

Quand même elle craint davantage les serveurs que les clients.

Mme Picmol étudie sa leçon d'hôtellerie.

Ils sont trois.

Le premier accueille, dirige, prend la commande, sauf celle des vins. Le deuxième arrive, prend la commande de rien, sauf des vins. Le troisième sert tout sauf le vin. Le deuxième ne sert rien sauf le vin. Le premier ne sert rien. C'est bien réglé. Mais il faut s'habituer. Déjà le bol en plastique de Pupuce a été remplacé par un bol en verre transparent. Avec une soucoupe en verre transparent. Ce n'est pas la peine de vous déranger, madame, nous avons ce qu'il faut.

Le personnel murmure, glisse, pirouette. Tout est merveille. Le porto, les amuse-gueules, le potage aux truffes. Mme Picmol voudrait le dire à Pupuce. Mais elle n'ose pas. C'est bête. Un soir d'anniversaire, pas pouvoir parler. Autour d'elle, les gens causent, rient, appellent le serveur d'un regard. Ils ont l'air chez eux. Des soupières, des plats, des petites marmites scintillent. Mme Picmol se demande si elle n'a pas vécu jusque-là au temps des Gaulois. Elle se fait pitié. Tout ce temps perdu, gaspillé. Sa misère. Elle se gronde. S'en veut. Son couteau tombe. Un serveur le remplace. Mme Picmol s'écrie. Le couteau était propre. C'était pas la peine. Le serveur esquisse un sourire lointain, je vous en prie madame. Mme Picmol a parlé trop fort. On la regarde mine de rien. Comme si on n'avait pas entendu. Comme si on n'avait pas vu le pipi dans sa culotte. Mme Picmol ne sait plus. Son plaisir s'envole.

Un homme prend place à la table voisine, à droite. Il est de taille moyenne, un peu ventru, avec des cheveux blancs fournis, une moustache grise, des yeux bleus téméraires, démesurément grands sous ses lunettes. Il porte un pantalon en velours moutarde et un pull fin assorti. L'homme a l'air satisfait. Il salue Mme Picmol d'un mouvement de tête. Il commande lui aussi un potage aux truffes en dépliant son journal. Mme Picmol l'observe. Il lui rappelle un peu Émile, son ex. Le père de Lorraine. En plus distingué. Celui-là a l'air d'un général. Quel bel homme.

La sole de Mme Picmol arrive.

Le potage du général arrive.

Mme Picmol s'extasie. C'est sa sole cette expo de peinture ? Du rouge, du jaune, du vert, de l'orange et du fuchsia dans la sauce légère. C'est l'arc-en-ciel dans son assiette. Au cœur des filets, un cœur en foie gras. Tant de beauté rien que pour elle. Mme Picmol va pleurer. Mais le général replie son journal, plonge sa cuillère dans le liquide fumant :

– Attention c'est bouillant !

Le général se tourne. Des pépites étincellent dans ses prunelles :

– Je vous remercie, madame. Ce potage est excellent. Mais vous avez raison, il est toujours servi trop chaud.

Le général ne regarde plus Mme Picmol, se concentre sur son assiette.

Mme Picmol aimerait parler.

Elle aimerait parler au général. Ou à Pupuce comme d'habitude. Mais d'habitude c'est ailleurs alors Mme Picmol contemple les dîneurs. Des gens habillés simplement. En pantalons, en pull, en chemise, en sweat. Tous chics pourtant. Quelque chose échappe à Mme Picmol. Elle baisse le nez sur son corsage à jabot, ses manches volantées, elle passe un doigt sur ses boucles d'oreilles en faux rubis. Mme Picmol réfléchit, détaille les autres plus élégants qu'elle. Plus souples. Mme Picmol est déçue. Puis se désespère. Il lui manque la souplesse. Ça elle savait pas. Personne lui a dit que l'élégance sans souplesse c'est comme de la soie sur une oie. Y a qu'a voir cette brune ravissante. Jeans et tee-shirt blancs. Et son compagnon, lui aussi en blanc. Deux lianes. C'est la classe.

La révélation brutale terrasse Mme Picmol comme un mal profond dont elle ne se doutait pas. Faut se remettre. Admettre. Ses yeux font le tour de la salle. Minutieusement. La gardienne des Tilleuls se concentre, s'applique. Oui c'est ça, trop habillée ou pas assez voilà ce qu'elle est. Que faut-il enlever que faut-il ajouter peut-être ce serait mieux de tout changer ? Comment.

Au fond de la salle une dame d'âge mûr trinque au champagne avec une jeune fille qui lui ressemble. Mme Picmol l'envie. Une fille, quand même. Mme Picmol est brouillée avec la sienne. D'ailleurs elle ne s'est jamais bien entendue avec sa fille. Une rebelle dont elle avait la garde après le divorce. Lorraine âgée alors de neuf ans. Souvent Mme Picmol feuillette l'album des photos de sa fille quand elle était petite. Avant que Lorraine ne s'affiche à seize ans avec cet homme de trente-six. Mme Picmol le détestait. Le menaçait. Détournement de mineure. Rien n'y faisait, Lorraine l'aimait. Elle était jeune et belle. Il était riche et insolent. Le jour de ses dix-huit ans elle l'a suivi en Afrique. Toi, elle a craché en partant, tu n'es qu'une pauvresse sans envergure, tu voudrais que ma vie ressemble à la tienne mais ça jamais plutôt crever je pars avec Marc on va se marier tu ne me reverras jamais toi tu pourriras dans l'eau de Javel le savon de Marseille de ta loge misère.

Elle est partie. Mme Picmol n'a plus eu de nouvelles et regrette. Voir sa fille avec Marc, ç'aurait été mieux que pas la voir du tout. On doit pas se mêler des histoires de cœur, elles s'emmêlent assez toutes seules mais la petite était si jeune. La brune ravissante pourrait avoir l'âge de Lorraine. Trente ans peut-être.

– Permettez-moi de me présenter. Edmond Kayser.

– Ah ? C'est joli.

Mme Picmol avait oublié le général.

– Et... vous êtes... ?

– Moi, c'est Picmol Angélique. Et lui... c'est Pupuce.

Un sourire acidulé s'étire sur les lèvres de M. Kayser.

– Bonsoir Pupuce.

Pupuce grogne.

– Sois poli quand le monsieur te parle. Il faut être indulgent monsieur, aujourd'hui c'est son anniversaire.

– Vraiment ? Bon anniversaire, Pupuce.

Pupuce grogne.

Mme Picmol cherche une phrase polie.

– Les miens sont pareils, dit M. Kayser.

– Vous avez des chiens ?

– Oui.

– Et où sont-ils ?

– À la maison.

– Et... Vous en avez beaucoup de chiens ?

– Quatre.

– Eh bé ! Vous avez une grande maison alors, si je peux me permettre ?

– Grande, non. Mais j'ai un manoir de famille, avec un parc.

– Un manoir et un parc ? s'écrie Mme Picmol éblouie. Au moins elles vivent pas coincées vos bêtes !

M. Kayser rit. On voit ses dents blanches régulières. Un dentier sûrement, songe Mme Picmol qui a encore toutes ses dents pas toutes régulières.

– Ça doit être bien d'avoir une propriété de famille, rêve tout haut Mme Picmol. Surtout un manoir... Vous êtes noble ?

M. Kayser sourit avec modestie.

– En effet, oui, mais de la petite noblesse. La famille Kayser ne remonte qu'au milieu du dix-huitième siècle. Rien de bien impressionnant.

Voilà c'est arrivé. Le cœur de Mme Picmol bat fort. La gardienne-domestique des Tilleuls. Sort traîne lave les poubelles. Picmol Angélique la lessive. Tu n'es qu'une femme-de-ménage, dit Lorraine. Voilà c'est arrivé. Le Gotha au Chamois. Elle à côté.

– Le dessert madame.

Le serveur comme à une reine.

La reine avec sa serviette évente son jabot en polyester. Cette chaleur. Elle va se trouver mal. Sous son chemisier elle a mis tout à l'heure une petite laine au cas où. Faudrait l'ôter. Mais son chemisier est transparent alors on verrait son soutien-gorge.

En face, la brune ravissante étire un de ses bras presque nu.

– Excusez-moi, monsieur, je... on revient. Viens avec Mamine, Pupuce.

M. Kayser hoche doucement la tête.

Mme Picmol se précipite dehors. De l'air d'abord. Dix secondes. Pupuce en profite pour arroser le pied gelé d'un réverbère. Mme Picmol n'a pas pris son manteau, elle a froid, viens Pupuce on remonte. Sa garde-robe...

Mme Picmol a compris.

Oui, déjà.

Et rien ne va.

En bas il fait si chaud. Demain elle s'achètera quelque chose de léger. Maintenant il faut redescendre. Ne pas faire attendre. Un aristocrate, tout de même. Un aristocrate avec un manoir. Mme Picmol se dépêche, retire sa petite laine, passe un pull en V jaune canari, hésite, garde sa jupe grenouille.

Pupuce a sauté sur le lit. C'est d'ailleurs l'heure. Il ne veut plus redescendre.

– Pupuce essaie de comprendre !

Mme Picmol supplie. Pupuce ne veut pas.

Mme Picmol prend son chien sous le bras.

La Dame Blanche est servie. M. Kayser est parti. Mme Picmol oublie de commander un petit gâteau pour Pupuce.

3

Des transats sur la glace, des boissons chaudes parfumées. Au rhum au citron à la cannelle. Des scotchs, des bières. Le soleil éclate sur le lac gelé.

Mme Picmol songe sur son transat.

Pupuce glisse sur la glace et se gèle les pattes.

Trois jours ont passé. Ou vingt ans. C'est le dépaysement. Mme Picmol ferme les yeux sous ses lunettes noires. Ne rien faire. Se faire servir. Servir ses envies. Ne plus envier. Ça déconcerte. Le grand concert du luxe. Mme Picmol face au soleil. Sur le lac blanc du glacier.

Mme Picmol profite mal du présent. À présent elle regrette le temps du passé. Quand elle n'avait rien fait que refaire ce que les autres avaient défait. Ordre propreté désordre saleté et elle recommençait. Hier aujourd'hui demain c'était pareil. Et pendant ce temps, les autres. Hier lumières aujourd'hui champagne demain chère amie cuisine fine. Les autres servis. Elle grattait lavait frottait rinçait les couloirs les escaliers et poussait les poubelles à genoux le derrière en l'air. La gardienne. Des Tilleuls.

Mme Picmol pour profiter a besoin d'oublier. Mais elle compare. Alors l'oubli bien sûr elle l'oublie. Les balais les torchons. La tête dans le seau. Au soleil au milieu des transats bleus. Les images se mélangent, se troublent. La gardienne des Tilleuls est bien seule.

– Vous permettez ?

M. Kayser ! Il sent bon. Ici tous les hommes sentent bon. Aux Tilleuls, l'odeur de friture, la sueur. Au pays d'Estie les gens exhalent les fruits les fleurs. Rares. Elle achetait son eau de toilette au supermarché, de l'eau pleine de bonne volonté qui sentait le lait tourné le muguet fané.

– Vous avez disparu l'autre soir, monsieur !

– Oui, veuillez bien m'excuser. Un appel pour mes affaires.

– Ah... vous avez des affaires.

– Comme tout le monde, chère madame. Puis-je vous offrir un verre ?

– Oh non, monsieur ! J'ai les moyens de payer !

Un sourire amusé anime un instant la figure impassible de M. Kayser.

– Dans ce cas... je n'insiste pas. Pour cette fois.

– Vous savez, monsieur, j'aime mon indépendance.

– Ne me dites pas, madame, qu'aucun homme n'a jamais eu l'honneur de vous offrir un verre ?

– Oh, pas des masses. Quand j'étais jeune, peut-être.

– Mais vous l'êtes encore !

– Vous voulez rire ? J'ai cinquante-deux ans !

– Et moi cinquante-neuf, bientôt soixante. Chère madame, je vais essayer de vous donner une leçon d'humilité mais je ne suis pas très fort ! Vous m'offrez aujourd'hui ce verre, et demain ce sera à mon tour. Qu'en dites-vous ?

– Je dis que c'est comme un jeu alors je dis oui.

– Angélique, merci.

Mme Picmol rosit, voit des femmes et des hommes. Des femmes avec des hommes. Elle voit Angélique avec Edmond. Elle tombe amoureuse de son prénom prononcé par la voix d'Edmond. Pour un peu elle tomberait amoureuse d'Edmond par la même occasion. Mais pas question. Un aristocrate ! Mme Picmol a encore toute sa raison.

– Vous m'avez appelée « Angélique » ? murmure Mme Picmol, séraphique.

M. Kayser suit du regard un vieux couple sur ses patins.

– Oui. C'est venu naturellement. Je n'aurais pas dû ?

– Oh non ! Enfin si mons... Edmond !

Sur un petit plateau les vins chauds. L'odeur volette, a des ailes cannelle.

Edmond. Ça alors.

Mme Picmol voudrait en parler de suite à Pupuce. Le temps de souffler. Mais là tout s'enchaîne elle n'a pas le temps de souffler aux Tilleuls elle soufflait dans les escaliers elle avait le temps de souffler le temps sur ses mollets fatigués.

Edmond. Ça alors.

À proximité de leurs transats, une famille prend place. Des grands-parents, sans doute, et leurs petits-enfants. Le vent souffle et pousse des îlots blancs qui voilent le ciel.

Edmond approche ses lèvres du vin, les entrouvrent charnues musclées sur le verre à l'anse d'étain.

Edmond. Ça alors.

Si je pouvais te parler, Pupuce ! se pâme Mme Picmol qui ne sait plus rien. Qui ne sait pas ce qu'elle dirait à Pupuce si elle pouvait lui parler pour ça il faut d'abord qu'elle parle après elle sait.

Pupuce entend la voix muette de sa maîtresse et lui répond la glace il en a marre. Mme Picmol entend la voix de son chien qui parle dans ses yeux. Elle le prend tendrement avec elle, sur ses genoux. Pupuce aboie dans le transat. Il n'aime pas M. Kayser.

Les grands-parents aident leurs petits-enfants à chausser leurs patins.

– C'est beau la famille, dit Mme Picmol soudain bien triste.

– Je suis deux fois grand-père.

– Oh ! Vous me racontez ?

Une supplication nostalgique brille dans les yeux de Mme Picmol. Grand-mère. Lorraine ? Mme Picmol n'aura pas cette veine. Pourtant Émile, rencontré par hasard l'an dernier lui a dit que Lorraine, oui elle a deux petits déjà grands.

– Il n'y a rien d'extraordinaire à raconter, Angélique. J'ai deux fils. Antoine père d'une petite Aude. Et Luc, père de Charles-Edmond. Et je suis veuf.

– Oh pardon...

– Vous n'y êtes pour rien. Cela fait huit ans aujourd'hui... Enfin. Ma sœur Camille habite au manoir avec son mari et leur fille. Un de mes fils aussi. Et vous ?

Mme Picmol détourne les yeux. Pour la première fois de sa vie elle a honte. Gardienne des Tilleuls, quand même. Non elle ne peut pas. Pas ici, pas à lui. Dire les brosses les seaux les poubelles. Les courbettes les courbatures. Sa loge qui au manoir d'Edmond serait juste bonne à servir de garde-robe à la bonne. Y a pas de honte à être pauvre. Qu'on dit. Mais ça dépend où avec qui.

– Angélique ? Vous avez l'air sombre.

– Oui.

– Vous avez des ennuis... de famille ?

– Ma fille m'aime pas.

– Ah bon ? Et vous, vous l'aimez ?

Mme Picmol lève une main indécise, fataliste.

– Oui... Ma fille est très belle vous savez. Et d'un chic... Elle vit en Afrique. Elle s'est mariée là-bas. Elle a épousé un vieux, un homme qui a vingt ans de plus qu'elle. Elle ne donne pas de ses nouvelles. Sauf à son père. Enfin que voulez-vous c'est comme ça.

Brusquement Mme Picmol raconte. Elle ne peut plus s'arrêter de raconter. Le Marc que Lorraine rencontra un soir à la sortie du lycée. Marc vivait à Johannesburg. C'était au temps de l'Apartheid. Ça le gênait pas le Marc, l'Afrique aux Blancs les Noirs crevant. Il avait une villa avec piscine. Bonnes, chiens, fil de fer barbelé. Et le soleil. Lorraine détestait le froid. Et Marc était si humain. Ses domestiques n'avaient pas droit à des vacances mais si elles tombaient malades, Marc les autorisait à se rendre chez le médecin. Racontait Lorraine attendrie à son père, à Nadia la deuxième femme de son père. Lorraine aimait Nadia.

– Une fille qui préfère sa belle-mère à sa propre mère, vous avez déjà vu ça, vous ?

– Oh... tout est possible.

– Peut-être, mais tout ce qui est possible est pas sain. Enfin bref. Vous savez, Émile, mon ex-mari, il a suivi des formations. Il est devenu ingénieur maison. C'était plus du tout l'ouvr... enfin l'homme que j'avais épousé. Lui aussi est devenu chic, comme la fille. Pas comme moi.

– Allons allons, Angélique.

– Oh mais faut savoir se regarder. Moi je suis restée ce que j'étais. Lorraine aurait préféré vivre chez son père mais c'est moi qui avais sa garde. Quand même elle avait que neuf ans ! Et puis Émile avait les torts. Un jour il est parti avec Nadia. Comme ça. Il s'est envolé du nid comme un oiseau et il est plus jamais revenu. À l'adolescence, Lorraine, je vous dis pas. Infernale. J'avais pas l'autorité pour deux qu'est-ce que vous voulez.

M. Kayser dit qu'avec les jeunes. Plus tard elle verra que. Ça s'arrangera. Bien sûr, soupire Mme Picmol, mais ma fille a trente ans alors ça s'arrangera, oui. Comme toujours après la fin. Au fond du fin fond du trou.

– Allons allons, dit M. Kayser, Angélique exercez-vous un métier ?

M. Kayser attire les yeux de Mme Picmol dans les siens et les caresse. Mme Picmol aux cieux des nids bleus. S'émeut. Et avoue la gardienne son immeuble minable dans la ville de. Monsieur. D'émotion elle oublie le prénom d'Edmond.

Kayser se lève de son transat. Le brouillard se lève sur le lac. M. Kayser prend la main de Mme Picmol. Pupuce mord la main de M. Kayser. Une goutte de sang perle. Mme Picmol se fâche, Pupuce en voilà des manières. Pupuce lève la patte et... Contre le beau pantalon vert de M. Kayser. Je vais me changer, dit M. Kayser, agacé, on se retrouve pour le dîner.

Le lac se cache, la brume fume. Il n'y a plus personne dans les transats rangés, sauf Mme Picmol et Pupuce qui maintenant s'agite. Mme Picmol veut replier sont transat mais laissez madame je m'en occupe, dit le garçon du lac, soulagé de voir la dernière cliente sur ses pieds.

Mme Picmol et Pupuce se promènent au village, arpentent les abords du château déjà illuminé. C'est un château jaune et blanc avec des tourelles, on dirait un de ces châteaux sculptés en graisse d'oie ou de canard que l'on voit pour Noël aux vitrines des charcutiers. Mme Picmol rêve sur la place du Château. Elle est sûre de croiser un jour Estie. La princesse n'est pas une statue, elle mange elle boit elle sort. Alors.

Dans une boucherie garnie d'ampoules colorées, Mme Picmol achète de la viande hachée pour Pupuce et réfléchit. Ce soir elle le laissera dans la chambre. Maintenant Pupuce est habitué, n'aura pas peur de rester seul, sera plus confortable plus tranquille sur le lit. Avec la valise. Pupuce a compris. Tant qu'il voit la valise, il sait que sa Mamine n'est pas loin et revient. Vous avez un beau caniche bien proportionné, dit le boucher en tendant à Pupuce, tiens mon toutou, une bouchée pour un bouledogue. Du bourguignon. Pupuce préférerait que Mme Picmol installe son transat dans la boucherie du monsieur si gentil.

Mme Picmol rentre à l'hôtel. Elle s'apprête à pousser la porte qu'ouvre toujours devant elle une sorte d'écuyer en rouge. Cela devient un jeu : Mme Picmol veut être plus rapide que l'écuyer rouge automatique. L'écuyer ne voit pas le regard espiègle de Mme Picmol qui joue comme une petite folle à enfoncer mais trop tard la porte ouverte.

Mme Picmol et Pupuce regagnent leur chambre.

– Non mais tu te rends compte Pupuce ?

Voilà-t-y pas que j'ai le cœur qui bat ? D'ailleurs pourquoi tu l'aimes pas Edmond, pourquoi t'es méchant avec cet homme aimable comme tout ? Faudrait quand même que tu réalises Pupuce qu'un aristocrate a de l'amitié pour ta Mamine qui ne rêve pas remarque, mais quand même Pupuce, un noble qui m'aime bien c'est pas rien !

Pupuce dévore sa viande hachée quelques légumes en conserve et des vitamines recommandés par le vétérinaire. Il boit de l'eau fraîche dans le bol relique en plastique de pique-nique, puis, repu, s'essuie la truffe, roule sur la moquette à galipettes.

Pendant ce temps Mme Picmol se détaille dans la glace. Stature moyenne, bien en chair sans excès, la taille encore mince malgré des hanches trop larges. Peu de blanc parsème ses cheveux naturellement roux et bouclés qu'elle porte courts avec une raie sur le côté. Elle a des yeux vert amande, un nez court arrondi, des pommettes rebondies, une bouche bien dessinée, l'épiderme fin légèrement couperosé, une poitrine généreuse, des jambes un peu maigrelettes. Des taches brunes dues au soleil gâtent une joue. Faudrait les cacher mais jamais Mme Picmol ne s'est maquillée, elle ne sait pas, c'est pas comme la Nadia de son ex qui se faisait des cils comme les biches de Walt Disney. Là, Mme Picmol a un choc. Elle vient de réaliser que Nadia ferait ici plus naturelle qu'elle vu que le luxe c'est pas la nature ou alors c'est de la nature morte en fleurs coupées séchées pour faire nature vraie. Le luxe c'est compliqué faut savoir le composer.

Pupuce toi t'es beau le boucher l'a dit Edmond aussi tout le monde le dit t'es un chien classe tandis que moi même au Chamois je reste la gardienne des Tilleuls je me déçois je me fais honte et ça Pupuce je veux plus ça que les gens me regardent avec leurs yeux comme des clochettes qui sonnent pour appeler les bonnes, dans la salle à manger je ne vois plus que des clochettes à la place des yeux. Gardienne c'est pas bonne mais ici je sens bien que c'est pareil et qu'ils ont raison. Même le personnel a compris que j'étais ici l'anomalie.

Pupuce chien classe se vautre sur le lit.

Mme Picmol panique devant sa penderie.

Ce matin elle a acheté un sweat en velours marine avec des broderies bleu ciel. Jamais elle n'avait payé un vêtement aussi cher. Mais Mme Picmol se dit qu'elle a eu raison de l'acheter parce qu'il lui va bien ce sweat même qu'elle ne s'est pas reconnue et ce soir qu'elle dîne avec Edmond bon. Elle ira mieux avec les boiseries et alors peut-être que les yeux en clochettes redeviendront des yeux. Ce que Mme Picmol ne comprend pas c'est pourquoi Edmond. Edmond avec elle. Le coup du prince et de la bergère faut pas lui faire c'est pas du cinéma. La vie.

Mme Picmol s'allonge sur le lit à côté de Pupuce. Elle se revoit petite, sa mère ouvrière dans une usine textile, son père plombier emporté par une cirrhose, sa mère veuve prend un amant lui aussi grand buveur, Angélique faut rapporter de l'argent va travailler. Elle rencontre Émile. C'était un ouvrier spécialisé de qualité. La bouteille il y touchait pas. Ou bien peu. Ils se sont mariés. Lorraine est tout de suite arrivée. Émile s'est mis à étudier, à grimper dans la société. Angélique stagnait dans les balais. Lavait frottait rinçait. Le fondement en l'air la cervelle à terre. Émile à la maison n'avait plus rien à dire. Au cours de son ascension il rencontra la secrétaire de direction. C'était Nadia.

Pendant ce temps au Chamois. À cette époque, aux époques d'avant. Pendant ces temps les soupières en argent, les boiseries blondes, les meubles peints anciens, les dîners fins. Dire que tout ça existait et qu'elle n'en avait aucune idée.

Mme Picmol se lève, ouvre l'armoire de toilette, essaie l'échantillon de fond de teint d'un grand parfumeur offert par l'hôtel. Et se regarde. Le fond de teint a mangé la couperose, lissé le grain. Mme Picmol n'en revient pas. Le moral lui revient.

– Pupuce tu descends pas ce soir. Mamine dîne avec Edmond. Elle aura pas le temps de s'occuper de toi. Elle peut pas encore rater son entrée dans la société, Pupuce l'argent ça suffit pas pour passer inaperçue. Si t'es là, je serai pas concentrée, tu vas me faire faire tout faux.

Pupuce gratte à la porte qui donne sur le balcon.

– C'est ça va respirer pendant que Mamine se prépare, dit Mme Picmol maintenant de bonne humeur.

Elle brosse ses cheveux roux dans tous les sens, longuement, leur donne du gonflant. Demain elle achètera du rouge à lèvres un autre sweat. Un parfum distingué mais qu'est-ce que c'est qu'un parfum distingué ? C'est compliqué.

Mme Picmol est prête. Elle descend. Elle traverse la salle à manger.

– Ce soir, madame est invitée à ma table, dit Edmond au maître d'hôtel.

4

Au fromage il lui prend la main. Puis la repose. Vous n'êtes pas une tricheuse Angélique c'est ce que j'aime. En effet Edmond, tricheuse même pas ni femme ni mère ni même gardienne des Tilleuls, je ne suis plus rien. Angélique voyons. Chuchotis à trois mains. Il fait bon au Chamois, Angélique, la vie est belle vous prendrez bien un café une verveine ou un tilleul. Ah non Edmond pas de tilleul.

La brune ravissante toujours en blanc se penche sur l'épaule de son compagnon, la dame d'âge mûr fait la petite fille avec sa fille, les dîneurs en tenue retenue jouent à restons simples entre nous. Personne ne détonne.

Mme Picmol dans son sweat aux broderies se fond dans les boiseries.

Je vous ai apporté des photos de ma famille, Angélique. Cela vous plairait-il de les regarder ?

– Oui Edmond !

Le vent souffle, les flocons volent. De sa place Mme Picmol aperçoit la neige sous un réverbère. De la neige dorée de conte de fées Mme Picmol apprécie la situation de leur table dans l'axe d'un des doubles rideaux relevé en une seule embrasse et qui laisse voir dehors. Mme Picmol ne veut pas se priver de neige au dîner. Il y a une table encore mieux située que la leur, à côté du double rideau levé, mais elle est toujours occupée par des fleurs des fruits des bougies. Dit Angélique à Edmond.

– Demain vous aurez cette table, madame.

– Moi ? Mais comment ferez-vous ? dit Mme Picmol, stupéfaite par le ton autoritaire de M. Kayser.

– Je donnerai l'ordre de la préparer pour nous, si vous voulez m'accepter en face de vous.

– Oh oui Edmond ! Mais... vous croyez qu'ils vont vous écouter ?

Des éclairs noirs illuminent les prunelles de M. Kayser.

– Ils m'écouteront, Angélique. Et maintenant voulez-vous voir les photos de ma famille ?

M. Kayser s'impatiente. Mme Picmol ne s'y attendait pas. S'affole. Lui si puissant à côté d'elle. Quel honneur. La gardienne qui n'a plus rien à garder que l'amitié d'un seigneur. Faut pas qu'elle fasse la bête pour une fois qu'elle. Les photos de famille ça oui elle veut les voir Mme Picmol qui n'a plus de famille que Pupuce. Pupuce c'est tout c'est sa vie. Mais sa vie c'est rien du tout. Alors les photos d'Edmond un instant elle fera semblant fera que pour elle ce soit. Tout.

D'un geste lent, méticuleux, M. Kayser tire un porte-cartes d'une pochette en vieux cuir qui semble l'accompagner partout. Il l'ouvre. Contemple seul les photos. Les savoure. Passe un doigt affectueux sur l'une d'entre elles. La caresse. Mme Picmol a l'impression d'assister à une cérémonie sacrée.

La famille tout de même...

Mme Picmol a envie de pleurer.

Kayser fait des blancs dans l'air.

Mme Picmol a envie de pleurer. Pourtant le blanc c'est pur. C'est frais. Sauf à la fin. Le blanc-gris, le blanc vitreux. Le blanc de marbre. Macabre. Mme Picmol regrette de ne pas avoir emporté Pupuce.

– Angélique, dit M. Kayser, solennel, je vous présente ma petite-fille. Aude.

Kayser brandit à bout de bras le porte-cartes comme un trophée.

Un serveur accourt.

– Vous voulez quelque chose, monsieur ?

– Non. Ne nous dérangez donc pas pour rien, dit d'un ton sec M. Kayser. Mais puisque vous êtes là, mon invitée souhaiterait avoir cette table à partir de demain, ajoute-t-il négligemment, désignant la table près de l'embrasse. Vous ferez le nécessaire ?

Mme Picmol n'en croit pas ses yeux, le serveur se fait humble, respectueux, dit « naturellement monsieur », se retire. Angélique éblouie se retient d'applaudir.

Contre le verre de Mme Picmol, M. Kayser dépose la photo d'Aude. Comme une rose.

– Elle est magnifique !

Mme Picmol contemple la petite fille blonde. En effet magnifique.

– N'est-ce pas ?

Des torrents de lumière irradient le visage de M. Kayser. Il doit adorer cette enfant, conclut Mme Picmol, impressionnée par l'éclat subit de son nouvel ami.

– Quel âge a-t-elle ?

– Huit ans. Et non seulement elle est belle mais elle possède tous les dons ! Elle joue du violon comme un ange, elle est brillante en classe, elle danse à ravir, elle a un cœur d'or, c'est la joie de ma vie. Je me demande si mon fils Antoine réalise la chance qu'il a d'être l'auteur d'un tel chef-d'œuvre !

D'un geste vif M. Kayser reprend la photographie. Mme Picmol s'interroge. L'enfant si belle est peut-être malade. Ou pire. La petite-fille de M. Kayser si ému presque perdu.

– La petite... elle se porte bien ?

M. Kayser éclate de rire.

– Aude ? Et comment ! Ma petite-fille grimpe aux arbres mieux que moi à son âge et par tous les temps !

Le serveur revient. Pas le même que celui de tout à l'heure. Il prend la commande des desserts. Mme Picmol choisit un sorbet poire et vodka. M. Kayser un gâteau glacé au chocolat. Il dit qu'il offre le champagne. Dès qu'il ouvre la bouche, Seigneur ! le personnel autour de lui s'affaire. Le seigneur ici c'est lui. En un temps record, Mme Picmol s'est habituée au maniement des couverts, des verres, au service qui consiste à savoir se faire servir. Mais avoir été distinguée elle entre toutes les femmes par un homme tel que M. Kayser. Ça non. Ça, elle ne s'y habitue pas. Faudrait que l'étonnement détale pour que l'habitude s'installe. Mais c'est pas le cas. Surtout qu'au Chamois d'Or seul M. Kayser lui adresse la parole. Pourtant Mme Picmol a dit bien poliment bonjour les deux premiers jours et bien poliment bonsoir les deux premiers soirs, messieurs-dames elle a même dit pour oublier personne, mais justement personne, c'est pas quelqu'un, c'est peut-être pour ça que pas un ne lui a répondu. Enfin Mme Picmol a encore du temps, le temps de trouver ce qu'elle n'a su trouver, si les gens d'ici sont polis ou pas. Elle croit que les gens d'ici sont polis. Et même très polis et joyeux. Mais alors entre eux.

Plaf ! D'un coup sec M. Kayser abat sur la table une autre photographie. Le même geste qu'Émile, se souvient Mme Picmol, quand on jouait à la belote. Il tapait si fort la table que toutes les cartes finissaient par être cornées. Après il a joué aux échecs. Les tours les rois les reines, c'est peut-être ça qui lui a joué un tour, qu'il a eu envie, l'Émile, d'aller faire un tour ailleurs.

La Nadia aussi jouait aux échecs. Elle était même championne. La royauté pour de vrai c'est moins casse-tête, se dit Mme Picmol qui tout à coup songe à Estie.

– Mon petit-fils : Charles-Edmond ! Onze ans.

Mme Picmol regarde la photo. Qu'il est beau. Mme Picmol n'a jamais vu d'enfants d'une telle beauté sauf à la télé mais allez savoir si les gosses des publicités sont pas choisis comme des fraises dans les barquettes, les plus belles dessus.

– Il est, s'enthousiasme Mme Picmol, il est... En plus qu'est-ce qu'il vous ressemble ! Il a vos yeux !

– Ah oui ?

M. Kayser ferme à demi les paupières. Mme Picmol ne sait pas s'il jubile ou s'il fait sa prière. Mais il est aux anges.

Mme Picmol croit qu'il doit gâter ses petits-enfants. Elle aussi voudrait. Si Lorraine voulait. Mais Lorraine veut pas. Alors. En famille, vouloir seul c'est comme le vent qui souffle sur les feuilles. Jamais il ne les réunira. Seul pourrait un jardinier. Mme Picmol se dit qu'elle n'a pas de jardinier n'est pas jardinière. Elle est seule sans jardinier, elle n'est pas non plus le vent. Pour être le vent faudrait savoir souffler dans une direction. Une direction qui inspire le vent. C'est ça qui me manque, songe Mme Picmol, la direction.

Devant la photo de Charles-Edmond ses yeux rêvent à si Lorraine voulait.

– C'est comment d'avoir une famille ? demande Mme Picmol en baissant la voix.

– Mais vous avez bien eu un mari, Angélique, et vous avez une fille ? Vous ne vous souvenez de rien ?

Mme Picmol soupire.

– Oh... si. Mais une famille qui ne marche pas c'est comme des ronds dans l'eau, ça tient pas, ça s'efface. Je pense à Lorraine chaque jour, ah ça oui, mais comme à une disparue. Ma joie, maintenant, c'est Pupuce. Que voulez-vous. Lui, il est là.

M. Kayser dit, Angélique, si vous voulez ma famille, je vous la présenterai. Aude et Charles-Edmond aiment rencontrer des gens nouveaux. Mais je séjournerai assez longtemps au Chamois. J'ai besoin de me reposer vous comprenez. Et ici j'ai mes aises. Je suis un vieil habitué.

Mme Picmol ne sait pas de quoi M. Kayser a besoin de se reposer mais comprend.

– Avez-vous d'autres photos, Edmond, à me montrer ?

– Chaque soir je vous en montrerai deux. Nous ne sommes pas pressés. Maintenant que vous avez vu Aude et Charles-Edmond, je me sens encore mieux avec vous, chère Angélique ! À la fin de votre séjour ici, vous ferez presque partie de ma famille !

– Oui presque.

Mme Picmol fait un petit sourire triste aux vitres gelées. La température a dû baisser. Il ne neige plus. Les desserts arrivent avec le champagne. M. Kayser satisfait lisse sa crinière blanche, sa moustache grise et lève sa coupe :

– Bonnes vacances, Angélique, et que Dieu vous garde.

– Bonnes vacances, Edmond.

Mme Picmol est bien embêtée, elle peut quand même pas ajouter que Dieu vous garde aussi vu qu'elle croit pas en Dieu, bien qu'elle voudrait y croire, la vie éternelle quand même ça se refuse pas.

– Demain soir, je vous montrerai la photo de ma sœur Camille et un de mes fils. Si vous êtes sage, peut-être que vous aurez droit à une troisième photo, proclame M. Kayser, subitement enjôleur.

– Oh je serai bien sage, Edmond ! dit sérieusement Angélique, je mériterai la troisième photo !

M. Kayser esquisse un sourire amusé. Puis sans crier gare son attention déraille. C'est l'accident. M. Kayser immatériel semble avoir quitté la terre. Mme Picmol suspend son souffle, regarde à travers la vitre gelée, ne perçoit rien au-dehors sinon l'enseigne du Chamois d'Or qui claque au vent.

Plus qu'eux deux dans la salle blonde.
M. Kayser vague au fil de ses souvenirs muets.
Mme Picmol se fait petite.
Le silence s'écrase sur les tables désertées.

Debout, un tout jeune serveur attend. Mme Picmol a pitié de lui. Il est si jeune. Il a sûrement besoin d'aller au lit, peut-être qu'il s'est levé à l'aube, peut-être qu'il a travaillé dur. Elle voudrait pouvoir lui dire, va te coucher petit je vais débarrasser.

Évanoui dans l'air M. Kayser ne redescend pas sur terre. Faudrait quand même parce qu'on a éteint les lampes et le petit serveur cela se voit il attend, il a besoin de sommeil cet enfant.

Mme Picmol mal à l'aise n'est pas contente d'elle. Faudrait qu'elle ose. Qu'elle ose dire que c'est l'heure de se retirer, bonne nuit, faites de beaux rêves. Elle regarde une dernière fois le jeune homme fatigué puis droite sur sa chaise se jette à l'eau, dit la nuit des rêves le petit serveur à M. Kayser grand seigneur qui tombe des nues, allonge le cou, redresse la tête et dit un peu vexé bien sûr Angélique à demain.

5

Depuis deux jours il fait soleil. Mme Picmol et Pupuce en ont profité pour aller et venir place du Château. La princesse Estelle est bien là, le boucher de Pupuce l'a certifié : le château lui achète la viande des chiens. Pupuce a le même boucher que les chiens princiers ! Et pourquoi qu'il aurait pas le même, pauvre bête.

À propos d'Estie, hier, Mme Picmol a eu un choc. Une auto bordeaux est sortie du château. Mme Picmol l'a reconnue, elle l'a vue chez sa dentiste dans plusieurs magazines la photo de l'auto d'Estie ! Mme Picmol a crié princesse mais la voiture a filé.

Mme Picmol et Pupuce reviennent encore une fois de la place du Château. Il est midi. Ils n'ont pas croisé l'auto bordeaux.

Au Chamois l'écuyer rouge et or ouvre la porte le premier encore une fois.

Mme Picmol et Pupuce sont dans leur chambre.

La chambre sent la lavande, de la lavande délicate. Touches soupçons nuages, pas le champ provençal. Et toujours des fruits des roses des chocolats. Le balcon ensoleillé.

– Tu sais Pupuce qui faut pas des lunes pour s'habituer au luxe ? Quand tu penses qui y a huit jours on était encore aux Tilleuls ! Qu'est-ce qu'on a pu se faire gâter depuis une semaine ! Pas vrai Pupuce ? Pouvoir sonner l'apéro, l'entendre frapper à la porte, le voir débarquer en grand tralala sur son plateau, eh bé je m'en lasse pas.

Pourquoi que tu regardes Mamine comme ça Pupuce ? Arrête de te lécher la patte tu vas me faire une infection et je sais pas si y a un bon vétérinaire ici enfin on prendrait celui d'Estie mais quand même je vais te faire un pansement pour sortir c'est la neige qui te brûle les pattes mais tu veux pas que je te porte. Alors.

Mme Picmol se penche sur le secrétaire, prend un chocolat dans la coupelle, s'installe dans le fauteuil à bascule. Dans une demi-heure elle se fera monter un plateau-repas qu'elle dégustera sur son balcon. Elle adore faire monter, Mme Picmol aux Tilleuls qu'on faisait monter, alors elle sonne ici et c'est parti pour ceux d'en bas vers elle en haut.

Mme Picmol a réservé en pension complète, elle a droit à la salle à manger deux fois par jour. Mais le midi elle préfère déjeuner « chez elle » surtout quand il fait soleil et ça repose Pupuce. Dans la salle à manger du Chamois on se sent pas chez soi. Edmond non plus n'y déjeune pas. Mme Picmol ne sait pas s'il prend son repas dans sa chambre lui aussi. Elle ne sait pas non plus le numéro de sa chambre. Si elle osait Mme Picmol inviterait Edmond sur son grand balcon. Il apporterait son plateau et voilà. Mais Mme Picmol n'ose pas. C'est que M. Kayser, se dit Mme Picmol, est parfois mystérieux parfois même un peu ombrageux. Ses affaires doivent lui faire du souci. Mme Picmol quitte son fauteuil à bascule, sonne son apéritif.

Le temps d'essayer un sweat gris de faire pipi arrive le Martini. Mme Picmol s'installe sur son balcon. Canapés chauds et froids cubes de melon à la menthe. Amandes. Le regard bienheureux de Mme Picmol erre sur la neige. Mme Picmol lève son verre, s'apprête à dire à ta santé Pupuce et se fige le Martini en l'air. À midi quarante, huitième jour de vacances, une évidence la foudroie : jamais plus elle retournera aux Tilleuls. Peut plus. Et carrelage que je te lave et poubelles que je vous désinfecte et vous traîne et escalier que je t'astique et t'encaustique faut que ça brille braille le syndic une vieille bique rachitique à tignasse platine.

– Mais qu'est-ce qu'on va devenir Pupuce ? Parce qu'enfin tu nous vois rentrer aux Tilleuls ? Qu'est-ce que tu veux une semaine ici c'est comme cent ans au paradis après tu peux plus retourner en enfer c'est pas le même esprit.

Mme Picmol éternue, se mouche, éternue de nouveau. Un frisson la parcourt. Puis deux puis d'autres. Subitement elle ne se sent pas bien. Avec ce beau temps si c'est bête quand même.

Mme Picmol somnole, s'endort, se réveille une heure plus tard. Et tremble.

Le temps a brusquement changé. Le ciel annonce la neige. Mme Picmol veut se lever, fermer la porte-fenêtre qui ouvre sur le balcon. Ses jambes vacillent. Il lui faudrait de l'aspirine mais c'est pas Pupuce qui peut. Il voudrait sûrement bien, Pupuce, mais il peut pas. La vie c'est comme ça. Y a ceux qui voudraient mais qui peuvent pas et ceux qui veulent pas mais qui pourraient. Vouloir c'est pouvoir, ça c'est à voir. Sauf pour Edmond. Justement Edmond c'est peut-être la solution.

Mme Picmol appelle la réception.

– Bonjour monsieur excusez-moi du dérangement c'est Mme Picmol de la chambre 9 qui voudrait parler à M. Kayser mais je connais pas son numéro.

– Vous ne connaissez pas quel numéro, madame ?

– Mais celui de sa chambre ! La chambre de M. Kayser.

– Il n'y a pas de numéro madame.

– Quoi ?

– La chambre de M. Kayser n'est pas numérotée, madame.

– Ah non ? Mince alors ! Mais vous pouvez me le passer au téléphone quand même ?

– Malheureusement non, madame, la chambre de M. Kayser n'a pas le téléphone.

Mme Picmol s'étonne. M. Kayser auquel tout le personnel obéit en un clin d'œil ne pas avoir le téléphone ! Et pourquoi ? Eh oui. Pour avoir la paix, sans doute. Il a son portable en cas d'urgence, se dit Mme Picmol en éternuant bien fort. Le réceptionniste dit que par contre il peut prendre un message pour M. Kayser.

– Dites-lui que je suis un peu malade et que s'il avait la gentillesse d'aller m'acheter de l'aspirine je lui rembourserais de suite.

– Si vous désirez de l'aspirine, madame, nous pouvons vous en apporter. Souhaiteriez-vous aussi une boisson chaude ? Voulez-vous qu'on appelle un médecin ?

Mme Picmol veut bien tout. L'aspirine le médecin Edmond. Puis raccroche, contemple le combiné de son téléphone d'où elle peut faire la pluie et le beau temps. Aux Tilleuls par beau temps par mauvais temps on la sonnait tout le temps, même en dehors des heures de garde elle pénétrait chez elle de force, la sonnerie violeuse. Pour se protéger elle décrochait. Tandis qu'ici. Le téléphone protecteur. Le porteur d'apéro de petits gâteaux de docteur. Aux Tilleuls elle est patraque et après ? Faut pas s'écouter si elle s'écoutait elle entendrait plus les autres patraques qui la paient pour écouter. Le plombier lui a dit un jour où elle avait sa gastrite intestinale, moi madame j'attends la fin de la semaine pour tomber malade et le lundi je suis sur pied j'ai pas le temps moi madame d'être malade.

La tête embrouillée dans son lit douillet Mme Picmol confiante attend et sourit. On s'occupe d'elle ici. Enfin elle est pas seule.

Elle avait bien une amie aux Tilleuls, une célibataire sans enfants. Mais un jour elle est partie habiter à côté de chez sa filleule pour pas crever plus tard comme un rat tandis qu'avec ma filleule, tu comprends Angélique, je me fais pas de bile.

Mme Picmol se dit que le Chamois c'est aussi secourable qu'une filleule. Mais pas qu'une fille non pas qu'une fille. Mais Lorraine.

– Entrez !

Un garçon d'étage apporte l'aspirine sur un plateau. Ici tout est servi sur un plateau du caviar au verre d'eau. Mme Picmol contemple le garçon et lutte soudain contre le fou rire. Et si elle demandait un pot de chambre pour voir sur quel plateau ? Mme Picmol glousse. Pose ses deux mains sur sa bouche. Le garçon s'enquiert de sa santé. Mme Picmol ne rit plus. Elle est émue. On se soucie d'elle. On la dorlote on la soigne. Le docteur arrive. L'examine. Ce n'est qu'un refroidissement madame mais ne sortez pas pendant deux jours. On annonce du mauvais temps alors madame ce ne serait pas prudent. Au revoir et soyez sage madame.

Mme Picmol sonne.

Elle voudrait du bouillon.

Le bouillon poli frappe à la porte, entre

et fume dans sa petite soupière blanche sur son plateau d'argent. Une pensée subite effraie Mme Picmol : Pupuce ! Qui va sortir Pupuce ? Elle se précipite sur son téléphone, la voix magique du réceptionniste répond rassure, madame reposez-vous bien on vous enverra quelqu'un pour votre chien.

Le ciel vitreux tombe sur la terre.

Mme Picmol allume sa lampe de chevet. Aussitôt l'abat-jour éclôt.

Mme Picmol un peu lasse a une petite fièvre et se prélasse.

Pupuce a marché toute la matinée, il fera son pipi du soir avec un employé du Chamois.

Mme Picmol jamais ne s'est sentie aussi protégée.

Un garçon d'étage a pris son ordonnance, lui a apporté ses médicaments. C'est l'hôtel du Père Noël.

Mme Picmol s'endort.

Il fait nuit quand elle se réveille. De son lit

elle voit tomber la neige. Des voix résonnent, s'éloignent, s'éteignent.

Pupuce veut sortir. Mme Picmol sonne. Un garçon monte. Pupuce veut bien le suivre. Le serveur et le chien descendent, remontent tout de suite. Pupuce saute sur Mme Picmol comme s'il ne l'avait pas vue depuis des lunes. Votre petit chien madame, dit le garçon qui ressemble à un enfant, n'a pas voulu rester dehors plus longtemps.

Mme Picmol remercie, dit quelle a pas faim, le garçon propose un potage et des asperges c'est léger madame. Mais le dîner avec Edmond dans la belle salle, la fête du soir en sweat. Une fois gris une fois bleu. Ce matin un autre sweat, un prune et saumon a attiré son attention. Elle a eu tort de pas l'acheter, maintenant elle est clouée faut pas attendre d'être clouée pour décider.

– C'est exactement ça, tu vois Pupuce, moi j'ai pas su décider dans ma vie. C'est la vie qui a décidé pour moi et ça c'est fini. Maintenant JE décide. Je sais pas quoi, remarque, mais je décide. Rien que d'y penser j'en ai la cervelle comme un toboggan, Pupuce, on va glisser tu vas voir ça un peu ! Où, ça j'en sais rien mais tu vas voir les glissades que Mamine va s'offrir ! Ah je sais pas glisser, ah je sais pas patiner, eh bé c'est ce qu'on va voir.

Le jeune garçon à peine parti, Mme Picmol appelle la réception.

– Allô ? C'est Mme Picmol de la chambre 9. Je veux laisser un message pour M. Kayser de la part de Mme Picmol.

– Oui madame. J'écoute, madame.

– Est-ce que M. Kayser est rentré ?

– Je ne sais pas madame.

– Comment ça vous savez pas ?

– Nous ne surveillons pas M. Kayser, madame.

– Enfin vous savez bien s'il a laissé la clé de sa chambre à la réception, quand même !

– M. Kayser ne laisse jamais sa clé.

– Alors pourquoi qui y a un écriteau qui demande aux clients d'éviter d'emporter leur clé dehors ?

– Oui madame mais... enfin pour M. Kayser c'est un peu différent. Quel message dois-je transmettre, madame ?

– Appeler-Angélique-si-possible-merci-Edmond-au-revoir-c'était-Mme-Picmol.

Mme Picmol se lève, sort du réfrigérateur de

la viande fraîche, la réchauffe longuement entre ses mains, ouvre une petite boîte de carottes, les mélange à la viande, Pupuce à table. Téléphone.

La voix chaude coule et s'enroule dans son oreille jusqu'à la pointe de ses orteils. Il dit je viendrai avec le dessert et deux coupes de champagne et reposez-vous avant notre dînette je ne resterai pas longtemps pour ne pas vous fatiguer mais vraiment je serai content de vous retrouver un moment. Chère Angélique.

Mme Picmol range son armoire à fleurs, caresse son poêle en faïence blanche, se parfume puis fatiguée se recouche.

C'est l'heure du dîner. Une jeune fille lui monte un potage, quelques asperges. Au milieu du plateau, la jeune fille allume une bougie bleue. Mme Picmol n'a pas faim. Son refroidissement lui donne chaud. Elle laisse le potage suçote les asperges. Puis brosse ses dents, se recoiffe se parfume. Et attend.

– Tu sais Pupuce, y a des lunes que ta Mamine n'a pas attendu ! Parce que y a attendre et attendre, hein. Attendre quelqu'un qui vous attend pas et attendre quelqu'un qui vous attend. Dans le premier cas on se fait écho, dans l'autre on fait un duo. Attendre et s'attendre c'est pas pareil, Pupuce. Là, tu vois, Edmond et moi on s'attend. J'ai beau avoir le nez bouché j'ai comme un champ de fleurs dans les narines. Nos soirées télé étaient pas mal remarque, je veux pas t'offenser mon Pupuçounet, mais quand même. Pouvoir parler et qu'on me réponde avec des mots parlés et en plus avec de l'amitié c'est quelque chose tu sais. Comme si on me remplissait les veines de sang frais.

À propos de frais qu'est-ce que j'ai chaud c'est la fièvre qui remonte ou alors c'est encore ce poêle en faïence qui chauffe comme un diable en transe chaque soir c'est la même histoire. Je sais pas pourquoi qu'ils ajoutent un poêle au chauffage central. C'est joli mais on cuit.

Mme Picmol regarde à travers sa fenêtre.

– Pupuce ! Qu'est-que c'est que ça ?

Ça, c'est une tempête de neige.

Des tourbillons montent de la terre, d'autres

descendent des toits, le vent rugit, les sapins se tortillent, l'air fume comme un monstre prêt à dévorer la ville sous un ciel pâteux d'apocalypse.

– Vingt dieux heureusement que t'as fait pipi Pupuce. Bois pas trop maintenant que c'est pas un temps à mettre un chien dehors. Entrez !

M. Kayser entre.

Une écharpe rouge s'enroule et pend sur sa chemise blanche à larges manches un peu froissées. M. Kayser a changé d'allure. Exit le gentilhomme à la ferme, voici l'artiste kitsch. Il se penche, effleure de ses lèvres la peau parfumée de Mme Picmol dans un baisemain néanmoins parfait. Pupuce se fâche. Celui-là même en écharpe sang-de-bœuf peut pas le blairer, il ira jamais pisser avec lui. M. Kayser non plus n'ira jamais pisser avec Pupuce, ça Pupuce l'a de suite deviné mais comme on peut pas se sentir. De toute façon y a rien à sentir, ce qui l'autorise pas, l'artiste, à fourrer sa truffe sur les doigts de Mamine.

M. Kayser ignore Pupuce. Il dit le plaisir de vous retrouver chère amie, le champagne servi dans deux secondes à moins que : vin chaud, grog, thé verveine camomille oui je sais Angélique pas de tilleul, cocktails de fruits de vitamines c'est comme vous préférez vous êtes mon invitée à moi je vous ai fait porter des fraises des bois.

Le maître d'hôtel en personne entre à la suite de M. Kayser. Mme Picmol fascinée voit poser sur le bureau assorti à son armoire fleurie du champagne de la crème des fraises et une tisanière.

La tempête crache des morceaux de neige et de glace. La ville siffle et vole. Il fait bon au Chamois d'Or. Mme Picmol et M. Kayser prennent place autour du petit bureau. Pupuce pas poli ronchonne sur le lit.

– Vous avez les photos ? dit aussitôt Mme Picmol.

Le cérémonial reprend.

Lentement M. Kayser extirpe son porte-cartes d'une poche de sa chemise, il en tire une photo, la brandit devant lui, l'approche de ses lèvres, l'embrasse, la dépose avec délicatesse dans les mains de Mme Picmol.

– Angélique, je vous présente ma petite sœur Camille.

Une magnifique brune aux yeux bleus moulée dans un long tailleur gris et adossée contre une cheminée découvre en souriant une dentition de rêve.

– Mais elle est très jeune !

M. Kayser se rembrunit. Se tait, étrangement irrité. Il doit avoir un côté soupe au lait, conclut Mme Picmol maintenant un peu habituée.

– Nous avons quinze ans d'écart et Camille fait dix ans de moins que son âge, répond M. Kayser d'un ton patient. Alors, à part son air de gamine, qu'en pensez-vous ?

– Elle est très belle ! Tout le monde est aussi beau, dans votre famille ?

– Vous me gênez, Angélique... Mais je crois que oui ! C'est important la beauté.

– Oui bien sûr.

Mme Picmol baisse la tête comme une

mauvaise élève. M. Kayser dresse la sienne. Il a retrouvé son sourire.

– Ne faites pas cette pauvre mine, Angélique ! Vous êtes très mignonne vous savez. Camille vous aimera, j'en suis persuadée.

– Mais où voulez-vous qu'on se rencontre ?

– Au manoir. Vous n'allez pas rentrer aux Tilleuls ?

Mme Picmol respire fort. Et si sa vie se jouait à cette seconde ?

– J'ai pas envie de retourner aux Tilleuls mais j'ai que là ou aller. Vous savez, Edmond, après mon séjour ici il me restera pas beaucoup d'argent. Rien que d'y penser j'en ai encore plus mal à la tête. Remarquez y a plus grave sur la terre, hein, mais...

– Après le Chamois, coupe M. Kayser, vous viendrez chez moi, je vous dis que Camille en sera ravie. Et maintenant, qui a gagné la seconde photo ?

Mme Picmol lève une main indécise. Elle aurait préféré parler de sa visite chez Edmond, de la durée de son séjour au manoir, une heure, un jour, un mois ? De la possibilité de trouver là-bas, peut-être, un travail jusqu'à sa retraite... Comme ça les dimanches elle verrait Edmond... Où je vais moi, se met en garde Mme Picmol Edmond le dimanche c'est une autre paire de manches, des manches pour déjeuner pour dîner avec sa progéniture avec la progéniture de sa progéniture, c'est fait pour ça le dimanche les papis les tartes et les rôtis.

Le cérémonial recommence. Mme Picmol reçoit dans ses mains la photo de Camille à Noël, agenouillée devant le sapin avec un homme tout aussi beau qu'elle et trois enfants superbes dans un décor de rêve, vaisselle dorée, cristaux, guirlandes et dentelles.

– Camille, son mari, leurs enfants. Au manoir à Noël, bien sûr.

– Qu'est-ce que c'est beau chez vous ! Ils ont trois enfants ? Vous m'aviez dit deux. Et ils sont drôlement jeunes, dites donc !

Des éclairs marine allument les yeux de M. Kayser.

– Ma sœur a quarante-cinq ans. Elle a eu des enfants en fin de trentaine. Le troisième enfant que vous voyez sur la photo, le plus jeune, est un petit-cousin.

– Ah... Racontez-moi Edmond, ce que vous faites avec vos petits-enfants. Je vous envie tellement !

La joie fulgure dans les yeux de M. Kayser. Il parle il s'attendrit, Aude à son concours de danse une elfe et après, tous les deux, la petite-fille le grand-père dans la plus belle des pâtisseries de la ville, ils ont ri. Et Charles-Edmond qui chaque dimanche matin monte à cheval avec lui, son grand-père, c'est sacré le dimanche matin à dix heures et les vacances d'été au bord de la mer dans une villa qui appartenait à sa pauvre femme. Un arrêt. M. Kayser baisse la tête les bras, il va tomber se dissoudre sur la moquette moelleuse de la chambre 9 de Mme Picmol, pense Mme Picmol qui impressionnée s'oublie s'anéantit, se sent devenir rien à la troisième personne se parle. Puis elle revient à elle qui redevient je. À propos de chambre je voudrais bien savoir pourquoi y a pas le téléphone dans celle d'Edmond, se dit Mme Picmol mais pas maintenant. Edmond, sa peine, sa pauvre femme. Maintenant c'est pas le moment. Le bon moment c'est pas au moment du dernier moment de la pauvre femme. Les moments des uns sont pas toujours les moments des autres, songe Mme Picmol, c'est pas comme la mayonnaise qui prend avec huile œufs moutarde au même moment. Mme Picmol éprouve soudain du respect pour la mayonnaise.

La nuit s'épaissit, le vent souffle en rafales, des broussailles de neige voltigent, d'étranges grondements s'échappent d'on ne sait où, la montagne vibre, le lac semble prêt d'engloutir la ville, un court-circuit a dû éteindre les réverbères, seules les lampes de la salle à manger font devant l'hôtel quelques taches claires qui mettent un peu de vie dans ce chaos. Puis, plus rien. C'est la nuit. Pupuce hurle à la mort.

6

La femme du boucher est morte. C'est arrivé hier soir au cours de la tempête. Violette Tracasse a voulu rentrer une poubelle dans son hangar. Le hangar s'est écroulé sur son crâne. Mme Tracasse est décédée sur le coup la cervelle en plein air. Le boucher pleure comme un veau.

– À propos, Pupuce ton bourguignon où qu'on va aller te le chercher ? La boucherie est fermée pour cause de deuil qu'est-ce que tu veux faut bien enterrer la bouchère, son mari va pas la mettre dans le frigo de sa boutique. Remarque...

Mme Picmol se demande d'ailleurs comment qu'on va faire avec la cervelle de la bouchère. Peut-être comme pour les rois d'autrefois. Leur cœur on l'enterrait bien seul parfois ? Alors pourquoi pas la cervelle de la bouchère. Elle aura droit à son enterré à part. Eh bé oui sûrement.

Mme Picmol a de la peine. Elle verra plus Mme Tracasse à la caisse ça fera une personne de moins à la saluer à saluer. Et puis soyons pas égoïstes qui désormais va rendre la monnaie ? Pas le boucher le malheureux. Ou alors faudrait qu'il se lave tout le temps, c'est vrai les bouchers avec leurs doigts sanguinolents, excuse-moi Pupuce c'est pas appétissant mais ils ont toujours l'air d'avoir leurs règles. Aux doigts mais quand même.

Assise devant son bureau fleuri, Mme Picmol mâchouille un biscuit, avale une gorgée de thé, laisse les si bons petits pains aux raisins. Elle n'a pas faim. Elle est bien. Sauf qu'elle se demande ce qui a bien pu arriver hier soir à M. Kayser disparu au plus fort de la tempête et qui bafouillait : « Excusez-moi Angélique le manoir il faut que j'appelle le manoir Angélique. » Mme Picmol n'a rien compris vu que le manoir d'Edmond se trouve, Edmond l'a dit, à cinq cents kilomètres d'ici. Il faisait peut-être un temps superbe là-bas. Mme Picmol allait lui en faire la remarque que déjà il avait foncé dans le couloir en deuil comme s'il avait le pouvoir d'arrêter la tempête. Et Pupuce qui s'égosillait de trouille sur le lit et le personnel de l'hôtel qui distribuait des bougies en veux-tu en voilà et une dame qui beuglait : « Mais enfin allumez mais allumez donc. »

Ce matin au petit déjeuner les serveurs sans ascenseur se font les mollets. Aux Tilleuls les jours de grève, de panne, de grève en panne, la concierge dans les étages galopait alors Mme Picmol mon courrier mon catalogue alors quoi vous dormez ?

La tempête de neige a endommagé les arbres, les toits, les lignes téléphoniques. Mais Mme Picmol s'en moque. La tempête n'a pas coupé l'essentiel, son cordon de protection : le téléphone interne qui la relie à la réception. Elle a même épargné le toit du fier Chamois. Mme Picmol le savait. Ici, rien de mal ne pouvait lui arriver.

Mme Picmol prend sa température et s'applaudit comme une gamine. Sa fièvre est tombée, juste encore un peu de fatigue, demain elle sortira. Faut qu'elle se renseigne pour la date des funérailles de la bouchère, qu'elle présente ses condoléances au boucher, c'est la moindre des choses et ça lui fera une sortie. C'est la femme de chambre qui vient de lui apprendre la mort de Mme Tracasse. Mme Picmol lui a demandé si M. Kayser était au courant. La femme de chambre ne savait pas. Mme Picmol a dit qu'elle trouvait M. Kayser très gentil, qu'elle espérait qu'il n'aurait pas trop de dégâts à son manoir. Ce n'était pas indiscret vu que le personnel d'ici le connaît c'est un habitué. Ah-ah, a répondu l'employée soudain réservée. Mme Picmol n'a pas insisté.

Elle appelle la réception, laisse un message pour M. Kayser : Bonjour Edmond c'est moi Angélique j'espère que tout va bien au manoir. Moi ça va j'ai plus de fièvre alors à ce soir dans la salle à manger. Surtout oubliez pas les photos. Meilleures pensées d'Angélique.

Frappe un garçon d'étage. Il vient sortir le chien. Une heure plus tard une femme de chambre remet un pli à Mme Picmol : oui chère amie, le manoir est intact et ma sœur vous attend. Un petit travail aussi, on en reparle. Mais vous pouvez oublier les Tilleuls ! Pas le temps de vous expliquer, ni celui de vous voir dans la journée. On se retrouve au dîner. Je m'en réjouis. Edmond.

L'atmosphère s'affine, brille, s'illumine. L'espoir afflue s'infiltre. Une lévitation imperceptible soulève emporte Mme Picmol dans un voile rose peuplé d'Edmond de Camille. Une famille. De son voile rosé Mme Picmol voit s'éloigner sa loge ses torchons ses balais.

Elle va et vient dans sa chambre, bien excitée :

– Pupuce on va peut-être déménager ! Ah on peut dire qui nous en arrive des choses ! J'aurais préféré avec Lorraine mais puisqu'elle veut pas j'ai pas le choix vaut mieux que je fasse une croix, une croix sur ma croix quoi, ah là là, ça fait beaucoup de croisements tout ça pourvu qu'on se perde pas. Enfin tu tâcheras de me faire honneur, hein Pupuçou, avec Camille et toute la famille. Quel changement mais quel changement ! Et dire que si la cousine s'était pas gentiment rompu le cou sur ses moules. Faut être réglo dans la vie Pupuce, à la prochaine marée noire, la cousine faudra honorer sa mémoire, les moules on ira les gratter gratos.

Il neige il vente.

Les femmes de chambre font les chambres.

Les serveurs servent.

Les sapins s'épanchent.

Mme Picmol fainéante. S'impatiente. Suppute ses chances.

Il a dit « un petit travail ». Qu'est-ce que c'est « un petit travail » ? Le boulot Pupuce c'est comme les chaussures y a que la personne qui peut dire si c'est sa bonne pointure pour une qui chausse du quarante-deux du quarante c'est tout petit petit, eh oui. Sans compter qui y a chaussures et chaussures hein, les ballerines les brodequins. Alors.

C'est bête, se désole tout à coup Mme Picmol, pourquoi Edmond est jamais libre dans la journée ? Elle l'a bien rencontré une après-midi au lac mais pas depuis. Il a peut-être une liaison secrète ? Une femme mariée qu'il peut pas fréquenter le soir. L'après-midi c'est plus pratique. Mais oui c'est ça ! Mme Picmol s'énerve. Pense à Émile. Le jour adultère. La nuit fidèle dans le lit conjugal bien embarrassé. Mme Picmol remâche ses rancœurs, s'embrouille, mélange le passé le présent, Émile Edmond. Elle se voit en gibier débusqué en poisson appâté ne sait plus où elle en est, ferme les yeux, somnole, s'endort.

Quand elle se réveille le soleil a viré la neige. C'est contagieux le soleil. Le moral de Mme Picmol revient. Il fera sûrement beau temps pour l'enterrement de la bouchère.

Mme Picmol devant sa glace s'examine. Ses yeux vert amande, on lui a toujours dit qu'ils étaient grands et beaux. Ils le sont. Ses cheveux aussi sont beaux. Évidemment cette couperose, c'est ennuyeux mais sous le fond de teint la poudre elle ne se voit plus. Mme Picmol ce soir veut être belle. Elle va soigner son apparence. Camoufler souligner estomper. L'apparence c'est l'art de pas paraître, se dit Mme Picmol en se demandant ce qu'elle va mettre pour disparaître en apparaissant. Depuis une semaine elle alterne le sweat en velours bleu avec le sweat en velours gris. Ils l'embellissent la rajeunissent tellement. Mais elle aimerait ce soir un changement encore plus grand.

Mme Picmol se demande ce qui lui prend. Se réprimande. Quand même elle va pas au bal. Le bal en été sous les marronniers. C'était leur plaisir de danser. Émile mettait sa chemise blanche, elle sa robe à volants. Pour leur mariage il lui avait offert un bouquet de marguerites et de bleuets, un déjeuner à la ferme de sa grand-mère avec les copains.

Et puis la vie. Ingénieur maison c'est l'ascension. Il monte elle descend. Les ascenseurs qui se croisent c'est amusant mais ça dépend qui monte et qui descend. Petit à petit Émile devint le sosie du type qui pointait à la fabrique à sept heures et demie, on s'en sortira Angélique on s'en sortira. Il est sorti. Là les pensées de Mme Picmol commencent à s'embrouiller. Le passé le présent ne font pas bon ménage. Ce n'est pas le même ménage. Et Nadia. Nadia qui n'a pas eu d'enfants. Qui n'a pas reproduit Émile. Nadia que sa femme pour rire. Mais. Les rires de Lorraine avec Nadia pas des rires pour rire on ne rit pas comme ça ensemble quand on ne s'entend pas. Ces deux-là s'entendaient. Mme Picmol les a entendues ce fut la brûlure la terre qui bascule. Ben quoi, a dit Lorraine elle est sympa je l'aime beaucoup Nadia et puis t'avais qu'à évoluer elle va mieux que toi avec papa. La baffe l'Afrique.

Debout devant son armoire, Mme Picmol muette tricote des trous dans l'air. Se comprend pas. Elle en a plus rien à faire d'Émile et de sa Nadia depuis belle lurette ! Mme Picmol se demande si l'adultère d'Edmond lui monte pas à la tête.

– Mais quel adultère, Pupuce ? dit Mme Picmol en se brossant les cheveux. Remarque que si. L'adultère par rapport à sa veuve. Mais non c'est lui le veuf. Alors. Un type qui trompe sa femme morte sans être remarié est-que c'est considéré comme adultère ? Évidemment c'est pas les remontrances de la morte. Encore que le Souvenir. Oui mais les lois sur le Souvenir si c'est pas la guerre ou Jeanne d'Arc je sais pas si y en a des masses je sais pas si on y a pensé. À mon avis, là, on traite le vide par le vide qu'est-ce que tu veux. Donc Edmond et ses amours de jour c'est bon. Il y a droit et même de nuit il a le droit pour lui. Quand même je voudrais bien savoir s'il a quelqu'un parce que ce « petit travail » si c'est pour servir sa copine qu'il amène au manoir, non. C'est pas que je suis jalouse tu sais, Pupuce, mais vu qu'Edmond et moi on a un rapport d'amitié, je pourrais pas être la domestique de sa maîtresse.

Sentimentalement c'est pas logique. Domestique c'est pas forcément la mer à boire mais ça dépend de la qualité de l'eau.

Mme Picmol étale sur ses joues son masque à l'abricot acheté à côté du château. Ah c'est pas aux Tilleuls que ! Elle avait bien son après-midi du samedi et le dimanche. Mais le samedi passait aux provisions pour la semaine, lui fallait pas grand-chose mais quand même. Sa loge fermant à 19 heures 30 et de 13 heures à 15 heures comme les commerces. Alors. Le dimanche matin elle dormait tard, l'après-midi elle prenait parfois un bus avec Pupuce pour aller au bois. Des familles terminaient de pique-niquer. Mme Picmol aimait bien les regarder. Elle aussi avait pique-niqué avec Émile et Lorraine avant qu'Émile monte en grade et que Lorraine s'en aille. Mais le masque, non. Elle se savait mignonnette quand elle était jeune mais elle n'avait jamais pensé que tartinée aux abricots elle pourrait presque avoir une jolie peau.

Mme Picmol se frictionne. Lotion astringente liftante lissante nourrissante hydratante veloutante. Suit une crème à la vitamine A B C D E et compagnie. La moitié de l'alphabet contre les années. Mme Picmol se demande à quoi sert l'autre moitié de l'alphabet. Fond de teint sable, poudre miel, mascara, entre les cils trait vert délicat. Mme Picmol jongle avec ses tubes ses pinceaux comme si elle avait l'habitude de fréquenter les instituts de beauté. Depuis trois jours, elle suit scrupuleusement les conseils de maquillage d'un magazine. Elle en a appris plus en trois jours qu'en trente ans. Bon. La maîtresse d'Edmond. Comment est-elle ?

Mme Picmol s'énerve, renverse sur elle la moitié de son parfum. Le parfum se faufile sous la truffe de Pupuce qui se réveille éternue gratte à la porte et si Mamine ouvre pas assez vite il va aboyer comme dix, Pupuce est comme ça faut pas lui brouiller le nez.

Mais ouvrir ou pas ouvrir c'est la question que se pose Mme Picmol. Si elle ouvre elle va encore prendre froid et loupera l'enterrement de la bouchère, si elle ouvre pas Pupuce continuera à gratter jusqu'à ce qu'il abîme la porte voilà ce que c'est de pas se contenter comme avant du savon de Marseille mais alors elle sentirait la lessive qui sentirait les Tilleuls et ça non Edmond l'a dit. Les Tilleuls c'est fini.

Mme Picmol met son manteau, ouvre la porte en grand, volette dans les toilettes. Et pense aux chaussures en daim bleu qu'elle va porter ce soir. C'est bête. Elle n'a que des chaussures en daim, enfin en faux daim. Alors elle peut pas les mettre devant sa porte de chambre pour les retrouver cirées le lendemain. Mme Picmol raffole de cette coutume. Les souliers le soir au pied des portes on se croirait à Noël. Au début elle trouvait que les gens étaient mal élevés de balancer ainsi leurs souliers alors histoire de compatir avec le personnel de l'hôtel, de montrer qu'elle au moins avait de l'éducation, elle est allée se plaindre à la réception. Le réceptionniste impassible lui a expliqué les souliers du Père Noël. Vexée

Mme Picmol s'est alors méfiée du plateau du petit déjeuner abandonné comme les souliers devant les portes. Elle avait raison de se méfier c'était le même truc que les chaussures en moins attendrissant le couloir le matin en reliefs de self.

Mme Picmol pousse un cri.

– Pupuce rentre rentre que j'ai pas vu l'heure passer !

Mme Picmol referme la porte, enfile un pantalon son sweat bleu ses ballerines attrape son sac à main court dans le couloir trépigne devant l'ascenseur réparé pas libre, descend finalement à pied, compte lentement jusqu'à six à l'avant-dernière marche et pénètre dans la salle à manger comme si l'attendait le jour du Jugement Dernier : il est là.

– Bonsoir madame, dit le maître d'hôtel. Je crois que M. Kayser vous attend à sa table ?

Mme Picmol appréhende et tremble. D'une seconde à l'autre elle va savoir pour le petit travail. C'est l'instant du changement de sa vie. Peut-être. Elle approche de la table, loupe son sourire son bonsoir, récite bonjour Edmond sur le ton d'un *mea culpa*.

– Vous avez une petite mine Angélique, dit M. Kayser, c'est vrai qu'un rhume fatigue, vous n'étiez vraiment pas bien hier soir.

– Oh non c'est pas ça Edmond c'est le petit travail dont vous m'avez parlé qui m'a trotté dans la tête et je pourrai rien avaler si vous me dites pas de suite de quoi il retourne c'est pas du chantage c'est de l'émotion. Vous voyez je suis franche.

D'un coup d'œil téméraire M. Kayser balaie la salle comme s'il n'avait qu'à la regarder un instant pour la redisposer à sa façon. Quelle autorité quelle puissance cet homme, pense Mme Picmol en rongeant son pouce droit, il doit être redoutable en affaires mais comme ami c'est le meilleur à condition qu'il me mette pas sa bonne femme adultère dans les pattes faudrait lui dire carrément mais j'ose pas.

– Angélique, j'ai de la famille comme vous

savez. Je leur ai longuement parlé de vous, ils vous ont déjà prise en sympathie bref, mes belles-filles et ma sœur seraient enchantées de vous confier leurs enfants et de la couture contre salaire bien entendu. Mais savez-vous coudre ? Oh il s'agit de travaux simples, refaire un ourlet défait, poser un bouton, enfin toutes ces choses qui se déglinguent dès qu'on les pose sur un gosse. Et sur moi, ajoute M. Kayser en baissant les yeux, soudain enfantin.

– Oui je sais coudre, souffle Mme Picmol à demi évanouie de joie.

– Parfait ! applaudit M. Kayser des deux mains ce qui sidère Mme Picmol et attire l'attention immédiate du maître d'hôtel qui lève une seconde ses sourcils d'une façon légèrement réprobatrice. Quel rabat-joie ce type-là, se dit Mme Picmol, ferait mieux de s'occuper de ses plats.

– Vous logeriez dans la partie du manoir que je me suis réservée poursuit Edmond d'une voix suave, vous disposeriez pour vous seule d'une chambre au rez-de-chaussée, d'un petit salon et d'une salle de bains. Vous et moi ferions cuisine commune et bien entendu vous seriez mon invitée au grand salon, là où nous fêtons Noël. Vous l'avez d'ailleurs déjà vu en photo.

– Ah oui ! C'est celle où y a votre sœur avec ses enfants contre la cheminée ?

– C'est ça, confirme M. Kayser qui pose sur Mme Picmol un regard si tendre qu'elle en échappe une larme et de deux et de trois.

À la quatrième larme M. Kayser lui tend un mouchoir blanc brodé. Mme Picmol hésite. D'instinct elle allait se moucher mais le mouchoir est trop brodé pour se moucher sans rien gâcher ou alors faudrait savoir souffler entre les broderies vaut mieux qu'elle s'essuie d'un revers de main et maintenant que faire de la broderie elle la tient comme un drapeau en berne sait pas comment dire, au fond Edmond votre mouchoir c'est plutôt un napperon.

– Gardez-le, dit M. Kayser, vaguement agacé.

Sa douceur de tout à l'heure s'est envolée, une fixité subite semble paralyser ses yeux.

Mme Picmol n'ose plus bouger. Mais la vie revient sur le visage de M. Kayser qui hèle le maître d'hôtel, commande des apéritifs sur un ton sans réplique. Ses doigts pianotent sur la nappe rose, Mme Picmol pense qu'il est un peu nerveux comme tout le monde ou alors qu'il aime pas les femmes qui pleurent y a des hommes comme ça que les pleurs font fuir, c'est peut-être parce que les larmes des uns obligent les yeux des autres, y a des gens comme ça pas sûrs d'eux peut-être qui peuvent pas être sûrs pour deux. Mme Picmol se dit tristement qu'il lui reste encore beaucoup à apprendre.

– Il faut pas trop m'en vouloir Edmond si j'ai une petite émotion. C'est quand même ma vie qui va changer vous comprenez ?

– Votre vie ? s'étonne M. Kayser.

– Mais oui ! Vivre aux Tilleuls ou dans votre manoir c'est pas pareil !

– En effet, approuve M. Kayser d'un ton neutre.

– Enfin Edmond ! s'écrie Mme Picmol, m'occuper de vos petits-enfants, de vos neveux et nièces, de vous...

M. Kayser lève vers Mme Picmol un regard plein de stupeur, son regard s'affole, bat de l'aile, tombe dans les yeux confiants de Mme Picmol qui se dit au fond cet Edmond quel enfant.

– Eh oui ! Je vais m'occuper de Charles-Edmond et d'Aude, dit Mme Picmol, et… au fait comment s'appellent vos neveux ?

– Charles-Edmond et Aude.

– Vous m'écoutez pas Edmond ! Je parle pas de vos petits-enfants, je cause de vos neveux ! Comment qui s'appellent ?

– Pierre et Diane.

– C'est joli. Mais dites-moi… ils doivent être grandets quand même, vos neveux ?

– Quatre et cinq ans, dit M. Kayser qui ne cesse plus de lisser sa moustache, l'air satisfait d'un chat qui a bu son lait.

– Comment ça quatre et cinq ans ? Mais sur la photo que vous m'avez montrée ils ont une dizaine d'années !

– Vous menez une enquête de police, Angélique ?

Mme Picmol sursaute au ton cassant de M. Kayser mais préfère se taire. Cet homme depuis qu'il a perdu sa femme il a peut-être aussi perdu l'habitude de causer il sait que commander le pauvre sans ça il est perdu y a des gens comme ça qui sont stables que quand ils commandent, c'est peut-être comme une sorte de béquille le commandement, se dit Mme Picmol, faut pas retirer le commandement aux commandants parce que sans les commandés sur lesquels s'appuyer les commandants peuvent s'écrouler ça c'est possible.

– Pardon Angélique, dit tout à coup M. Kayser en posant sa main sur celle de Mme Picmol, parfois je me perds dans l'âge des enfants de ma famille, faites pas attention. Depuis la mort de ma femme, je m'embrouille dans les dates. Vous m'en voulez ?

Cette voix tendre de petit grondé qui cherche à se faire pardonner mais qu'il est mignon non mais qu'il est mignon. Madame Picmol le gronde pour la forme le dorlote pour le plaisir lui dit qu'elle est pas une brute mais une amie.

– À propos d'amie j'ai cru que vous vouliez me faire travailler pour votre maîtresse, se lance Mme Picmol en confiance et décidée ce soir à tout mettre au clair.

– Quelle amie ?

– Vous avez pas une petite amie ? Comme vous êtes jamais là l'après-midi...

– Je n'ai pas de liaison si c'est ce que vous voulez savoir. Ma famille et mon travail me prennent beaucoup de temps, vous savez. Et puis j'ai toujours ma femme présente à l'esprit.

– Mais ici, dans la journée, qu'est-ce que vous faites ?

Les prunelles de M. Kayser se détournent, s'arrêtent sur un fruit une boiserie, reviennent à table, bouillonnent, se mettent en garde et sous des paupières à demi closes filtrent des éclats saphir.

Cet homme quelle sensibilité, songe Mme Picmol, attendrie par ce visage si changeant. Edmond il en a pas l'air mais à peine si on l'effleure. L'image d'un escargot se forme dans la tête de Mme Picmol. Une luisante coquille blonde grimpe sur le dos d'Edmond d'où s'allongent deux longues cornes et voilà

Edmond en colimaçon dès qu'on le frôle il se rétracte, attention monsieur c'est chaud, dit un serveur. Mme Picmol pouffe dans ses serviettes à fleurs. C'est pourtant vrai qu'elle a pas écouté ce qu'Edmond a commandé et maintenant ils ronflotent dans leur beurre les six escargots d'Edmond.

Alors j'enverrai un camion prendre vos affaires Angélique, décide M. Kayser en dégustant le sixième escargot. Quand quittez-vous le Chamois ?

Mme Picmol dit dans trois semaines, M. Kayser dit c'est bien c'est comme moi, Mme Picmol dit qu'elle a pas besoin d'un camion vu que sa chambre et son petit salon au manoir sont sûrement meublés et que ses meubles à elle elle en veut plus, elle prendra que Pupuce sans Pupuce ça elle vient pas. M. Kayser la complimente, la fidélité il apprécie.

Mais vos chiens ? pense tout à coup Mme Picmol. Ils vont pas accepter Pupuce !

– Mes chiens ?

– Enfin Edmond qu'est-ce que vous avez ce soir ?

M. Kayser boude d'un air presque craintif que Mme Picmol ne lui connaissait pas, il dit votre chambre Angélique donne sur une terrasse plantée, je la ferai fermer pour que mes chiens laissent le vôtre en paix. À votre arrivée ce sera fait.

Une terrasse privée pour Pupuce !

Les yeux de Mme Picmol brillent se retiennent de pleurer. À quoi ça tient quand même la vie. Mme Picmol contemple la salle, les clients qui avec le changement de semaine ont eux aussi changé. Ceux-là sont plus âgés sauf un jeune couple qui a l'air d'être en voyage de noces.

Mme Picmol les envie leur sourit. La jeune femme, presque une adolescente, lui rend son sourire. À l'exception d'Edmond c'est la première fois que quelqu'un ici lui sourit, Mme Picmol bouleversée voudrait se lever embrasser ces petits, leur souhaiter une belle vie mais son foie de veau arrive, alors Mme Picmol commence à manger tant que c'est chaud mais elle pense au veau, peut plus manger son foie. Elle se rattrapera avec le gâteau aux groseilles et aux noix.

Comme d'habitude au dessert, Edmond commande des coupes de champagne, et déclare ouverte la cérémonie des photos.

Mme Picmol dit qu'elle a été bien sage, mérite aujourd'hui au moins deux photos. La figure illuminée M. Kayser sort son porte-cartes, extrait lentement une photographie. Mme Picmol se dit Edmond a trouvé son bonheur en famille, même si sa pauvre femme. Elle repense à Lorraine à ces petits-enfants qu'elle ne connaît pas, à sa solitude depuis que son amie d'enfance a quitté les Tilleuls pour rejoindre sa filleule. Mme Picmol se demande si elle aurait pas dû refaire sa vie. Aujourd'hui elle aurait une belle-famille, un second enfant peut-être, et même elle pourrait être grand-mère au lieu de regarder la photo des petits-enfants des autres. Allons allons, se gronde

Mme Picmol, Edmond n'est pas les autres c'est un ami qui me sauve des Tilleuls me fait présent de ses petits-enfants.

Mme Picmol reconnaissante s'attache déjà aux enfants.

Sur la nouvelle photo que lui montre Edmond elle reconnaît Aude, Pierre et Diane, Charles-Edmond. Les chérubins autour de la cheminée du grand salon ouvrent leurs cadeaux de Noël. Comme tout est beau, les enfants en velours et dentelles, les boules les guirlandes, la cheminée décorée de bougies et d'anges. On dirait une image d'un riche Noël d'autrefois.

– Vous serez leur tante Angélique, voulez-vous Angélique ?

C'en est trop. Mme Picmol s'effondre, se reprend, hésite, mais de peur que la broderie. S'essuie le nez en vitesse avec sa serviette tachée de groseille :

– Edmond, à nos petits.

Mme Picmol le nez rouge lève sa coupe.

7

– C'est bien dommage que t'aies pas pu venir mon Pupuce parce que c'était vraiment un bel enterrement, avec des fleurs mais des fleurs comme s'il en pleuvait et tout le village qui se pressait dans l'église il nous aurait fallu des murs élastiques enfin y avait surtout des commerçants et leurs familles mais aussi des clients et tu sais qui j'ai vu ? L'homme qui achète la viande pour les chiens d'Estie ! Tu te rends compte Pupuce si la princesse est gentille ? Elle a même envoyé le représentant de ses chiens à l'enterrement de la bouchère si c'est pas délicat quand même, moi j'aurais pas su qui c'était cet homme si ma voisine de gauche qui fait le ménage chez la pharmacienne me l'avait pas dit. Le patron du Chamois aussi est venu à l'église, et la dame chez qui j'ai acheté mes sweats. Au fait ça y est ! J'en ai acheté un troisième, un saumon, tiens le voilà, j'avais bien envie de l'étrenner pour l'enterrement vu que l'église est chauffée j'aurais pu enlever mon manteau en plus sur le cercueil y avait des fleurs exactement dans le même ton de saumon que mon saumon mais finalement j'ai gardé mon sweat gris et le manteau aussi mais ce soir je mettrai le rose saumon pour dîner avec Edmond qui d'ailleurs s'est pas rendu à l'église ni au cimetière et ça je comprends pas les enterrements c'est prioritaire sur les affaires surtout qu'il connaissait bien la bouchère il me l'a dit lui-même, d'ailleurs je me demande pourquoi il connaissait si bien la bouchère vu qu'il loge à l'hôtel et a pas de chien donc pas de viande à acheter. À propos de viande si tu voyais le boucher habillé c'est un autre homme, Pupuce, un homme comme qui dirait au propre. Je te jure, sans ratures sans son brouillon sanguinolent tu le reconnaîtrais pas. Enfin toi tu le préférerais au brouillon. Au cimetière par contre, c'était moins joli. Y avait pas la musique. Mais c'était plus gai le vent s'est levé une couronne a roulé comme un cerceau, un croque-mort a couru derrière, s'est pris les jambes dans je sais pas quoi, s'est étalé dans l'allée, y en a qui ont pouffé, bref y avait de l'ambiance elle aurait aimé la bouchère. Sauf quand l'ambiance avait des ratés, les sanglots de son mari ça m'a fait mal, tu sais, alors j'ai attendu que tout le monde soit parti et à mon tour je lui ai présenté mes condoléances mais en fait je me suis trompée je lui ai présenté nos amitiés, de ta part et de la mienne Pupuce, mais il m'en a pas voulu le boucher il a compris que c'était pareil et il a dit merci et il s'essuyait les yeux avec un mouchoir à carreaux grand comme un torchon c'était pas le confetti brodé d'Edmond.

Mme Picmol a acheté trois cartes postales. Elle va en poster une à Lorraine des fois que. Une à Jeanne son amie d'enfance. Mais la troisième ça elle sait pas. Soudain Mme Picmol se souvient du syndic des Tilleuls. Son préavis. Oui c'est un mois mais y a déjà une semaine de passée au Chamois ça fait que même si elle envoie son préavis aujourd'hui elle devra faire quand même une semaine aux Tilleuls quelle horreur.

Mme Picmol met son anorak, prend son chien son sac. À la réception elle croise le gérant, lui dit qu'elle a pas vu M. Kayser à l'enterrement de la bouchère, est-ce qu'il va bien ? Le gérant ne répond pas, oriente Mme Picmol sur un autre sujet le concert Mahler donné après-demain. Mme Picmol insiste avec un malin plaisir, l'absence de M. Kayser à l'enterrement de la bouchère, quand même. Le gérant lui lance un regard critique, marmotte d'une voix sourde je ne sais pas madame, s'excuse s'éclipse comme si une affaire urgente l'attendait. Lui aussi.

Mme Picmol en a assez. Elle veut savoir le mystère qui semble entourer M. Kayser dès qu'elle parle de lui dès qu'elle cherche à le joindre, elle veut savoir ces fameuses affaires qui le privent de son ami chaque après-midi. Mais faut qu'elle s'occupe d'abord de son préavis.

Le lac étincelle sous un soleil froid. La neige tombée tout à l'heure crisse sous les pas. Un torrent bruit, l'air glacé s'engouffre dans le hall d'entrée du bureau de poste où Mme Picmol vient de poster sa lettre recommandée avec accusé de réception et pan. Dans les tibias des vieilles branches. Des Tilleuls.

Immobile devant le bureau de poste, Mme Picmol soupire de soulagement, hume l'air, resplendit. Les Tilleuls, cette fois, c'est fini. Avec une confiance en soi toute nouvelle, Mme Picmol musarde, entre dans une boutique à la mode, essaie un pantalon sable une tunique assortie qui l'amincissent la rajeunissent. Mme Picmol éberluée réalise qu'ainsi habillée, ma foi... Achète le tout, plus un petit foulard en soie. Rouge.

– Tu sais Pupuce qui reconnaîtraient plus Mamine aux Tilleuls ? souffle Mme Picmol en quittant le magasin les yeux luisants de fierté.

Possible mais alors ce qu'il s'en fiche. En pâmoison devant une boule de neige crottée Pupuce s'occupe la truffe.

Mme Picmol se rend au supermarché. L'établissement ferme ses portes dans quelques minutes. Mme Picmol achète vite de la viande pour Pupuce et rentre à l'hôtel se faire belle.

Métamorphosée dans sa tenue sable, Mme Picmol prend place à la table de M. Kayser pas encore arrivé. Mais le maître d'hôtel lui dit que non, que ce soir M. Kayser ne viendra pas lui désigne sa table à elle, celle de M. Kayser non madame pas ce soir elle est réservée.

Mme Picmol réintègre son ancienne place comme une coupable. Edmond lui faire faux bond et honte devant tout le monde mais pourquoi ? Mme Picmol se redresse, sent qu'elle va se fâcher. Maintenant elle est une habituée du Chamois, n'a plus peur des serveurs, demande qu'on lui appelle le gérant. Le gérant dérangé arrive visiblement mécontent.

– Écoutez monsieur, dit Mme Picmol, je suis une amie de M. Kayser et s'il lui est arrivé quelque chose, je veux le savoir, vous entendez ? Sa table ne s'est pas décommandée toute seule, hein ! Alors ?

– Je ne sais pas madame, M. Kayser a seulement dit qu'il ne viendrait pas ce soir.

– Vous vous fichez de moi ? se rebelle Mme Picmol qui soudain voit rouge, abat son poing sur la table, fait trembler ses assiettes.

– Je vous en prie madame.

– À quelle heure M. Kayser vous a appelé ?

– Je l'ignore, madame, je ne tiens pas moi-même le standard de l'hôtel. Et nous sommes tenus à la plus grande discrétion. Comprenez-le, madame, c'est dans l'intérêt de chacun.

– Mais je vous répète que je suis une amie de votre client ! Il a rendez-vous avec moi chaque soir ! Je suis en droit de savoir ce qui lui est arrivé, enfin !

– Madame, M. Kayser n'a laissé aucun message pour vous.

Le ton impassible du gérant résonne comme une claque. Les joues de Mme Picmol s'embrasent.

Le gérant s'éloigne, salue un monsieur, glisse autour des tables d'un air soigneux.

Une jeune femme au nez pointu pérore, insupporte Mme Picmol. Et ce jeune couple qui semble en voyage de noces rit trop fort. Que tous ces gens se taisent ou disparaissent. Mme Picmol s'effraie, se dit qu'elle est en train de devenir méchante. C'est l'inquiétude. Et si Edmond revenait pas. Crotte alors elle serait dans de beaux draps. Dire qu'aujourd'hui elle a posté son préavis. Elle aurait plus de travail plus de toit presque plus d'argent comme quoi faut pas jouer les duchesses quand on est qu'une gardienne et plus rien demain si Edmond. Il peut bien rentrer chez lui, elle saura même pas où aller chercher. À cinq cents kilomètres d'ici, au sud, c'est vague. Elle aurait dû prendre plus de renseignements, son adresse, son numéro de téléphone, consulter une carte de géographie.

Une lourdeur subite s'abat sur Mme Picmol, la colle sur son siège. Elle se sent comme un vieux mollusque oublié sur un rocher. Elle pense aux moules, à sa défunte cousine, se dit que la vie c'est qu'une farce où toujours les mêmes sont attrapés. Non c'est pas une farce c'est comme un rituel.

Dans la salle à manger du Chamois personne n'est attrapé l'avenir semble dégagé. Sauf pour moi et pourquoi sauf pour moi, toujours, se dit Mme Picmol, le cœur serré. Toujours c'est l'éternité mais ça existe pas sur terre alors pourquoi moi ?

Mme Picmol veut avoir l'air dégagée. D'une main mal assurée elle porte une cuillère de soupe à sa bouche, la repose, ce soir elle pourra rien avaler.

Soudain nébuleuse, la salle flâne dans l'air, se désincarne. Mme Picmol aussi se désincarne.

Apparaît une vieille dame en noir appuyée légèrement sur une canne. On dirait l'entrée sur scène d'un personnage de théâtre. Le personnel s'empresse autour d'elle, l'accompagne à sa table.

Recroquevillée sur sa chaise, Mme Picmol lentement se réincarne. Elle observe la dame en noir. Fabuleuse ! se dit Mme Picmol qui se trouble de ne pas savoir pourquoi. Fabuleuse pourquoi, faudrait savoir. Depuis qu'elle est au Chamois d'Or, Mme Picmol voudrait tout comprendre mais bon tout s'achète avec de l'argent même la cervelle mais de veau.

La vieille dame entrouvre la veste de son long tailleur noir, joue un instant avec sa montre en sautoir, chausse ses lunettes, consulte la carte, déplie sa serviette avec un calme impérial, la pose sur ses genoux, croise le regard de Mme Picmol : d'un mouvement de tête discret, la dame salue. Ses yeux bleu vif ruissellent de fraîcheur sous sa frange enfantine, ne vont pas du tout avec le tailleur strict. Mme Picmol déconcertée oublie de rendre le salut, baisse les yeux, contemple son potage refroidi, s'apprête à se lever, à regagner sa chambre comme une enfant privée de dessert. Mais son regard croise de nouveau celui de la dame en noir. La dame lui sourit d'une façon si apaisante que Mme Picmol ne peut plus décider. Partir ou rester. Des secondes la tirent, l'écartèlent. Au deuxième sourire de la dame, Mme Picmol décide de rester.

La dame sort de son sac un carnet, un stylo. Trace quelques mots d'une main ferme, note Mme Picmol qui chipote avec le citron de sa cervelle de veau précisément. La cervelle lui rappelle maintenant celle de la bouchère, Mme Picmol repousse son assiette.

– C'est pour vous, madame.

Le maître d'hôtel lui tend une enveloppe.

Mme Picmol lit, ébahie :

« Bonsoir, je suis la dame qui vous fait face. Je crois à la sympathie muette, vous savez bien, celle d'avant le tout premier échange. C'est l'histoire de vous et moi ce soir. Nous pourrions nous retrouver un moment au petit salon ? Sinon à une autre fois. Peut-être. Clara Montfrey. »

Pupuce ! Voilà autre chose ! Mme Picmol cherche son chien, réalise qu'elle l'a laissé dans la chambre pour dîner en paix avec Edmond et maintenant il lui manque. Mme Picmol s'efforce de penser calmement. Pourquoi cette inconnue s'intéresse-t-elle à moi comme ça ? De suite ? Bon, elle a peut-être pas tort, c'est vrai qu'on fait pas assez confiance aux premiers regards, réfléchit Mme Picmol en fixant la neige flammée de reflets dorés qu'illuminent sur fond marine les réverbères de l'hôtel. Après tout, cette femme aussi a attiré mon attention. Et puis qu'est-ce que j'ai à perdre si j'accepte son invitation ? se dit craintivement Mme Picmol qui ce soir se sent abandonnée, aurait besoin de causer.

L'inconnue en noir a déplié un journal, lit, boit du vin rouge, apparemment peu curieuse de la réaction qu'a pu susciter son message. D'un geste vif comme un tic, elle remet des mèches derrière ses oreilles. Ses cheveux courts, abondants et soyeux, brillent d'un blanc lumineux. Mme Picmol admire cette chevelure neigeuse qui respire la santé, la frange bien droite qui souligne l'extraordinaire jeunesse des yeux de Clara. À son âge, s'étonne Mme Picmol, j'ai jamais vu ça. Mais quel âge peut-elle bien avoir ? Quatre-vingts ? Ses joues ridées, ses mains noueuses reflètent la vieillesse. Mais ses yeux ont vingt ans.

Le regard de Mme Picmol s'arrête sur l'alliance en or rouge que porte l'inconnue. Elle est donc mariée. Ou veuve. Seule ici, de toute façon. Elle est peut-être en convalescence. Ou en vacances ? Ici l'air est si pur. À trois kilomètres du village se trouve un sanatorium réputé. Peut-être qu'elle sort du sana et vient s'offrir un petit gueuleton gastronomique pour fêter ça ? À court d'hypothèses, Mme Picmol, qui ne veut pas rester les bras ballants devant sa table, commande le soufflet maison à la vanille et au citron.

Clara Montfrey a reposé son journal. Le maître d'hôtel, avec les gestes souples et rapides d'un prestidigitateur, flambe devant elle du canard aux pêches.

Derrière le petit feu bleu, les yeux lumineux de Clara Montfrey, enfin, se posent sur Mme Picmol.

Mme Picmol veut dire oui, ne trouve pas sa voix, n'a pas de papier pour écrire et puis écrire si y a des fautes. À l'école Mme Picmol était bonne qu'en calcul. C'est fiable le calcul deux et deux hein, tandis que l'orthographe pour la saisir ça se débine comme une anguille.

Mme Picmol bien gênée finit par hocher la tête. À tout à l'heure, dit la voix claire de

Mme Montfrey qui se met à déguster son canard flambé.

Mme Picmol avale son soufflet sans y prêter attention, fascinée par le plaisir inouï que la vieille femme semble éprouver à chacune de ses bouchées. Elle recoupe avec grâce son canard, y enfonce lentement sa fourchette puis mastique en prenant tout son temps, les lèvres gonflées, avancées, offertes aux pêches, à la chair flambée. Mme Picmol suit le va-et-vient de l'assiette à la bouche voluptueuse de sa voisine. Elle ne mange pas, cette femme, elle déguste, se dit Mme Picmol, elle déguste et elle jouit. Pour un peu Mme Picmol aussi commanderait du canard flambé.

Alors elle prend son élan, dit à la dame en noir je reviens madame, monte dans sa chambre, entre, Pupuce y a du nouveau souffle Mme Picmol comme si une bande d'espions était à ses trousses, mais j'ai pas le temps de te raconter maintenant, Pupuce, allez viens.

Mme Picmol et son chien se promènent dix minutes dans la neige, remontent. Mme Picmol se lave les mains, remet un peu de rouge à lèvres, dit à tout à l'heure Pupuçounet, redescend en se demandant ce qui l'attend.

Mme Picmol entre le cœur battant dans le petit salon.

Clara Montfrey est déjà là, un sourire empreint de cordialité, des vaguelettes bleues dans les yeux. Mme Picmol plonge dans les prunelles rafraîchissantes de la vieille femme qui d'un geste l'invite à s'asseoir.

Table ronde, nappe ivoire, lampe corail trois œillets. Le coin invite à la causerie. Mme Picmol se carre dans un fauteuil en velours jade et marron, regarde autour d'elle, ne comprend pas pourquoi elle n'est jamais venue là avec Edmond.

Un quinquagénaire chauve au visage empâté, prend un cognac en compagnie d'une brunette au rire niais. Deux jeunes hommes silencieux se dévorent des yeux. La brunette au rire niais maintenant se tait, le chauve déjà sous son nez.

Une pointe de découragement assaille Mme Picmol au moment ou elle s'y attend le moins. Edmond... Edmond si bien bien trop bien.

– C'est agréable que vous soyez venue. Ce soir je me sens d'excellente humeur, j'avais envie de la partager !

La voix ferme de Clara Montfrey rompt le silence, Mme Picmol tressaille, acquiesce sans savoir quoi. Puis se reprend.

– C'est pas souvent qu'on m'envoie des mots, surtout dans un restaurant ! dit Mme Picmol qui décline son identité en s'efforçant de bien articuler. En tout cas c'est moi qui vous remercie beaucoup madame, parce que ce soir moi je suis inquiète. Figurez-vous que je devais dîner avec un ami et il est pas là.

– Vous l'aimez ?

Mme Picmol estomaquée hésite, tousse, s'éclaircit la voix :

– Moi ? Vous savez... j'ai été mariée, j'ai divorcé, alors l'amour, vous m'excuserez !

– Vous n'aimez pas faire l'amour ?

– Euh... si, dit Mme Picmol de plus en plus gênée. Mais c'est loin !

– Loin ? L'amour n'est jamais loin ! s'enflamme la vieille dame, vous êtes macabre !

Mme Picmol soupire, acquiesce, comme si en effet sa fin était proche. Elle n'a pourtant pas l'habitude de se laisser abattre, mais ce soir, l'absence d'Edmond semble préluder à une catastrophe... Et ce préavis. Non mais quelle idée ! Fallait s'organiser avant de tout plaquer ! Eh bien justement elle avait organisé. Enfin Edmond avait organisé.

– Vous savez pour l'instant j'ai d'autres soucis que l'amour, vous pouvez me croire !

Mme Picmol raconte sa vie. Son divorce, Lorraine partie qui donne de ses nouvelles qu'à son père, les Tilleuls.

La vieille dame l'écoute. Le temps coule.

– Et vous ? s'interrompt Mme Picmol. Je parle que de moi, mais vous ?

– Je viens de tomber amoureuse.

– Amoureuse ? répète Mme Picmol, stupéfaite. D'un homme ?

– Il se trouve que oui, répond Clara Montfrey d'un air amusé.

La bouche entrouverte, Mme Picmol dit :

– Ah.

– Vous me trouvez trop vieille pour la chose, n'est-ce pas ? dit Clara Montfrey en lui faisant une œillade.

– Ma foi...

– Vous avez tort ! Le sang n'a pas d'âge pour galoper, vous n'êtes pas de cet avis ?

– Euh... Peut-être, mais...

Mme Picmol bafouille, s'embourbe dans la pudeur, une vitalité pareille, quand même, c'est embarrassant, surtout qu'elle il y a si longtemps que. Elle saurait peut-être plus ? Ça s'oublie pas, bien sûr, c'est comme le vélo. N'empêche qu'à force de pas utiliser son vélo le vélo est rouillé. Pardi.

Ses souvenirs de jeunesse jaillissent, envahissent le petit salon, tombent en grappes sur la nappe. Philippe. C'était le premier. On dit que la première fois pour une fille c'est souvent pas ça mais là c'était ça. L'explosion. L'incendie. Le ventre en feu en manque. Elle pensait plus qu'à ça, la petite Angélique, avec lui elle l'aurait fait toute la journée toute la nuit n'importe où. Puisque c'est ce que j'aime le mieux dans la vie, elle lui avait dit. Il avait ri. Puis il est parti au service. Au service des armes, de la marche cadencée, c'est du concret ça au moins la marche en cadence, et ça doit éviter de trop penser, se dit Mme Picmol qui regarde toujours à la télé les défilés de la fête nationale. Philippe il aimait la musique en cadence qui fait si bien marcher, et la discipline ça le connaissait, pour lui pour les autres. Il est vite passé sergent, sergent-chef, adjudant puis elle sait plus il a disparu. Bernard l'a consolée. C'était le serrurier appelé à cause d'un de ces courants d'air pervers qui vous claquent la porte dans le dos. Mais là c'était pas ça sur le ventre sur le dos le feu prenait pas. Il avait beau lui déclarer sa flamme, l'incendie se déclarait pas, ses mains apprenaient rien, le reste non plus, jamais là où il fallait quand il fallait. Il finit par l'exaspérer. Le feu s'est rallumé avec Jean-Paul, le boulanger. Elle aimait son torse musclé qui sentait la pâte à pain, ses jambes puissantes, son amour de fauve, mais sa jalousie l'effrayait. Quand il a voulu l'épouser elle a refusé. Trois mois plus tard Émile est arrivé. Lui elle l'a épousé lui a été fidèle, au lit c'était pas comme avec Philippe et Jean-Paul mais on peut pas tout avoir, elle se disait et puis lui elle l'aimait, il était gentil, prévenant, travailleur et tellement serein malgré le boulot, et puis avec la naissance de Lorraine ils formaient une famille, alors le sexe on peut pas bâtir une vie rien que pour lui, quand même, sinon on n'en finirait pas de construire de démolir. N'empêche qu'Émile et sa Nadia. Leur histoire qui dure. Tandis qu'elle. En cachette de Lorraine, deux ans après son divorce, une brève liaison avec le gardien d'un immeuble voisin. Elle avait trop besoin de câlins. Mais les câlins d'un qu'on aime pas c'est rasoir. Il l'a rasée. Elle l'a quitté.

Depuis, non. Pas depuis. Maintenant elle doit être desséchée, un os de seiche faut pas trop y toucher ça s'effrite, faut pas non plus qu'elle y pense le bourdon reviendrait ce soir, ce serait mal élevé, elle a de la compagnie. Qu'est-ce que c'est chouette quand même de parler à quelqu'un qui vous répond, songe Mme Picmol qui a soudain l'impression d'être au chaud dans une boîte en coton. Avec Edmond, elle songeait pas au coton qui sécurise, plutôt à la soie, mais la soie ça glisse, pense Mme Picmol qui se demande pourquoi elle se parle d'Edmond au passé. Edmond c'est certain va venir demain.

– Alors vous êtes amoureuse ? dit Mme Picmol, rêveuse. Et il n'est pas là ?

– Georges soigne une insuffisance pulmonaire, mais il est guéri. Il quitte le sana dans quelques jours. C'est à deux pas d'ici. La Sapinière, vous connaissez ?

– De nom oui.

– Il y a là, aussi, juste à côté du sana, un département de psychiatrie. Une de mes amies vient d'y faire soigner une dépression nerveuse. J'ai rencontré Georges en lui rendant visite.

– Et… quel effet ça fait d'être amoureuse à… Mme Picmol s'arrête, s'empourpre.

– À mon âge ? complète Clara Montfrey, avec un petit sourire moqueur, mais exactement le même effet qu'à vingt ans !

Une expression de rêverie triste s'attarde dans les yeux de Mme Picmol. L'amour. Franchement elle l'avait oublié. Enfin non, elle avait pas oublié, elle y pensait, comme à une jeunesse envolée perdue à jamais. Pourtant elle aurait bien aimé aimer, pourtant renouer avec la vie à deux le soir devant la télé, le samedi un ciné, le dimanche la grasse matinée avec une voix qui vous répond par-dessus le café au lait. Mais elle s'était dit qu'elle était maintenant trop âgée, trop moche, trop grosse, quelle se voyait plus, non vraiment plus faire ça avec son ventre devenu gras et mou, ses bras ses seins qui. Enfin avec tout qui fiche le camp, dit Mme Picmol à Clara Montfrey, vous comprenez ?

Clara éclate de rire, d'un de ces rires qui s'envolent et se jouent de tout. Elle rit d'une voix jeune pleine de son Georges tombé du ciel.

– Mais vous avez des idées racistes ! s'écrie Clara. Vous autorisez l'amour en fonction du tour de taille ? Mais moi je vous parle d'amour ! Pas de se rincer l'œil avec des acteurs choisis pour leur beau derrière ! Monsieur, s'il vous plaît, une poire William. Vous prendrez bien une petite liqueur ?

Mme Picmol dit je prendrai comme vous puis se tait. Elle avait pas prévu de parler d'amour avec une septuagénaire. Elle avait pas prévu du tout de parler d'amour. L'amour lui était sorti de l'esprit autant que les années de ses dents de lait.

Mme Picmol a chaud, transpire, s'évente avec une main, s'agite sur son siège, et dit alors Georges racontez-moi.

Clara dit qu'elle a tout dit. Ils se fréquentent chastement depuis un mois. Enfin ils se fréquentaient chastement. Parce que la dernière fois... puisqu'il était guéri. Georges a exactement son âge. Soixante-douze ans. Ils vont vivre ensemble, dans cette région bonne pour les poumons parce qu'on ne sait jamais.

– Je nous cherche un appartement, dit Clara, demain matin j'en visite un, si cela vous fait plaisir de m'accompagner.

Mme Picmol veut bien, essaie de mettre un peu d'ordre dans ses idées, baisse le nez sur sa poire et se noie.

8

– Je vous hache le bourguignon Mme Picmol ? dit M. Tracasse, bien courageux d'avoir déjà ouvert le magasin.

Il essuie une larme, du sang à l'eau coule sur sa joue, le boucher se détourne, termine de découper la chair rouge, se coupe. Mme Picmol se précipite, tend un mouchoir propre, le boucher dit c'est rien, prend le mouchoir, l'entoure autour de son doigt, hache le bourguignon de Pupuce, dit qu'est-ce que vous voulez pendant que je travaille je pense pas. Faut vous changer les idées, voir du monde, dit Mme Picmol, alors pour ça le magasin c'est bien. Non, gémit M. Tracasse, le magasin me rappelle... D'une main rougeâtre il écrase une nouvelle larme. Pauvre homme, compatit Mme Picmol, faudrait que je fasse quelque chose pour lui, que je lui propose mais quoi.

– Si vous avez besoin de quelque chose monsieur Tracasse..., dit Mme Picmol.

– Appelez-moi Balthazar, renifle M. Tracasse. Vous êtes si gentille, c'est ce qu'elle disait la pauvre, elle disait les clients simples comme cette dame, au Chamois c'est rare.

– Mais je suis simple pour de vrai, Balthazar ! répond Mme Picmol, émue par tant d'attention. C'est pas de l'argent à moi, c'est un petit héritage qui m'offre le Chamois ! Mais après mon séjour ici, j'ai presque plus rien ! Normalement, je devrais travailler chez M. Kayser, un client du Chamois. Pour m'occuper de ses petits-enfants, de ses neveux. Edmond a de quoi me loger avec Pupuce, chez lui, dans son manoir.

– Où ça ? dit le boucher en s'arrêtant de hacher.

– Dans son manoir. Vous le connaissez, je crois, M. Kayser. Au fait pourquoi ? Il a pas de chien, lui, alors ?

– Non, mais l'hôtel achète une partie de sa viande chez moi.

– Ah ? Je savais pas. Mais c'est pas une raison pour que vous vous connaissiez, avec Edmond ? C'est pas le gérant !

– Non, dit le boucher d'un ton réservé, mais M. Kayser est un ami du gérant.

– Ah, c'est pour ça qu'on le traite comme un roi au Chamois ! Mais ça m'explique pas pourquoi vous...

M. Tracasse fronce les sourcils.

– Depuis le temps que M. Kayser vient au pays... Attrape Pupuce, ce sera toujours ça de pris, dit le boucher en lançant un morceau de viande.

Pupuce avale, puis, immobile, la queue dressée fouettant l'air, dévore des yeux son Bon Dieu.

– Je savais pas qu'il y avait un secret entre vous et Edmond ! insiste Mme Picmol, intriguée.

– Il n'y a pas de secret. Laissez tomber. C'est mieux.

– Qu'est-ce qui est mieux ?

– Écoutez, Angélique, vous permettez que je vous appelle Angélique ? Écoutez, nous ici, on se serre les coudes entre commerçants. Alors les bons clients des uns et des autres, on les respecte et on garde pour soi ce qu'on en pense vraiment. Les magouilles... On veut pas les savoir.

– Mais M. Kayser c'est pas un magouilleur ! proteste Mme Picmol, éberluée.

M. Tracasse fait la sourde oreille, tend le bourguignon, ses doigts tapotent la caisse, l'ouvrent, rendent la monnaie un peu ensanglantée. C'est bien ce que je craignais, constate Mme Picmol, ici faudrait un grand rince-doigts. Un bénitier pas béni, quoi, mais avec du citron comme pour les soles au Chamois d'Or. Mme Tracasse c'était mieux, mais puisque.

– Pour Kayser, lâche le boucher d'un ton hargneux alors que Mme Picmol, la porte déjà ouverte, s'apprête à sortir, faites attention.

Mme Picmol se retourne, secoue la tête, ce boucher est jaloux d'Edmond, allez savoir pourquoi.

10 heures 45. La bise souffle mais le soleil brille. En face de la boucherie se trouve une confiserie dont la façade en bois verni, décorée

de branchages et de nœuds rouges, montre un air charmant d'autrefois. Mme Picmol achète quelques chocolats pour Clara. Les chocolats elle les mangera avec Georges. À soixante-douze ans quand même faut le faire c'est le cas de dire, se dit Mme Picmol en mordant dans une bouchée pralinée. Elle se dit aussi qu'elle meurt d'envie de leur offrir des fleurs, des cartes de félicitations avec des paillettes, des cœurs. Si elle osait elle décrocherait de la confiserie pour eux un de ces gros nœuds. De vieilles romances lui montent aux lèvres, des rengaines qu'elle croyait avoir oubliées et qui tout à coup la font larmoyer. À soixante-douze ans..., songe Mme Picmol, tandis que moi. Pourquoi. Peut-être trop occupée à attendre Lorraine, à attendre qu'un jour elle revienne, qu'elle me dise bonjour maman on s'entend pas mais on s'aime et maintenant tu vois t'es grand-mère. Seulement voilà je vois pas. Ou peut-être que j'étais trop occupée à oublier de m'occuper. De moi. L'Angélique Picmol dans sa loge. Les balais les brosses et que ça frotte et que ça saute. Oui, eh bé à ce sujet j'aurais mieux fait.

Comme ça Pupuce aurait un papa, on serait trois, hein Pupuce ?

Pupuce tire sur sa laisse, quelque chose en folie, s'avance vers une boxer bringuée, caniche nain qui ne doute de rien. La belle le toise, retrousse mollement les babines, passe son chemin. Pupuce couine. Ah, tu vas pas t'y mettre toi aussi ! s'énerve Mme Picmol qui aperçoit Clara devant le Chamois. Elle dit bonjour je vais mettre la viande dans mon réfrigérateur, tenez ça, c'est des chocolats pour vous et votre ami, attendez-moi je reviens.

Mme Picmol revient.

Clara Montfrey, enveloppée dans un long manteau écossais fourré, pose une main sur le bras droit de Mme Picmol, remercie, demande pourquoi ces chocolats.

– Je sais pas, dit Mme Picmol d'une voix sérieuse, franchement je sais pas. Mais je crois que ça me fait plaisir de voir de l'amour. Vous croyez pas que ça fait plaisir ? Surtout quand on en a pas pour soi, on s'imagine qu'on est à la place de ceux qui en ont c'est bien agréable sur le moment.

Mme Picmol reçoit en pleines prunelles le regard amical mais perçant de Clara. Perçant ou insistant ou perspicace ou enfin quelque chose comme ça avec ce sourire d'un air entendu à soi-même que Mme Picmol n'entend pas, ne veut pas bien entendre et qui l'embrouille.

Un oiseau esseulé vole dans l'air bleuté. Cette solitude dans tant d'espace, quand même, se dit Mme Picmol en regardant passer l'oiseau. Mme Picmol se demande, avec cette solitude qui éclate comme ça toute nue dans l'air, qui est le plus vaste, de l'oiseau solitaire ou de l'espace.

– C'est à côté du château, dit Clara. Un petit trois pièces avec balcon.

– Vous allez apercevoir la princesse Estie, alors ? tressaille Mme Picmol avec un gros battement de cœur.

– C'est possible mais je m'en fiche !

Les yeux de Mme Picmol lancent des éclairs.

– C'est bien dommage pour vous ! Estie, une si gentille fille, belle, bonne, douce, fine, une princesse comme y en n'a plus des masses ! Alors. Avoir un balcon privilégié et pas savoir apprécier, vous me direz...

Mme Picmol gronde, déborde, récite ses magazines, de l'arrière-grand-père d'Estie jusqu'aux chiens princiers.

Quand enfin Mme Picmol s'arrête, la douceur des yeux de Clara posés sur elle la sidère. Clara s'excuse, dit qu'il ne faut pas lui en vouloir, qu'elle n'y connaît rien en princesses.

Elles cheminent ensemble jusqu'à la place du Château, pénètrent dans un immeuble aux murs roses, montent deux étages, visitent l'appartement à louer, si petit, mais le balcon immense rappelle celui de la chambre de Mme Picmol au Chamois d'Or.

Clara se décide de suite, signe, pétille, frétille comme une jeune qui s'installe dans son premier studio. Mme Picmol se demande, lui demande, Clara au regard jeune si vivant si elle a des enfants. Clara dit que non. Dit qu'elle a trop vu ses amies les plus intelligentes se métamorphoser en individus à œillères à peine devenues mères.

– Peut-être que je m'intéresse trop passionnément aux êtres pour n'avoir pas su me limiter, dit Clara d'une voix songeuse. C'est égoïste, la famille. La famille, d'abord, pour ceux qui en ont une. C'est égoïste et pourtant bigrement tentant ! Mais je n'ai pas pu me refermer sur un seul nid. Peut-être n'ai-je pas voulu qu'un petit arbre me cache la forêt. Je ne regrette rien. Qu'en pensez-vous, Angélique ?

– Je sais pas. Moi j'ai eu un petit arbre et puis il a décidé de pousser ailleurs et c'est pas pour ça que j'ai vu la forêt, si j'ai bien compris ce que vous avez dit.

– Mais alors qu'est-ce que vous avez vu ?

– Pas grand-chose, dit Mme Picmol d'une voix honteuse.

Clara pose une main sur l'épaule de Mme Picmol.

– Mais maintenant c'est fini, n'est-ce pas ?

– Oui. Maintenant je veux voir du monde

qui me voit. Je vais devenir tante Angélique. J'ai jamais été tante.

Clara voudrait connaître Edmond. Angélique voudrait connaître Georges. Un dîner à quatre au Chamois quelle bonne idée, jubilent Angélique et Clara. Puis elles se séparent. Clara se rend au sanatorium chercher Georges pour lui montrer le petit appartement.

Mme Picmol regagne son hôtel. Son dos soudain se voûte un peu. Ses jambes se font lourdes. Elle traîne les pieds. Tout à coup, il lui semble qu'une méchante fée lui a jeté un mauvais sort. Mme Picmol se sent grosse, veille, laide. Inutile. Si elle meurt, qui suivra son corbillard ? Maintenant qu'elle a connu la vie de château ou presque, ce serait pas si bête de disparaître. Finir en beauté endormie à jamais dans une forêt glacée. Après la cousine trépassée dans les moules, ce serait pas mal la montagne. Ça changerait. Elle partirait en chemise au douze coups de minuit... Évidemment elle laisserait pas d'héritage vu qu'elle aurait presque tout dépensé au Chamois. Mais puisque personne ne veut d'elle. C'est immoral, l'héritage, quand c'est pas sentimental, songe Mme Picmol dont le regard soudain tombe sur son chien. Mme Picmol tressaille, se fait brusquement horreur : pour la première fois en trois ans, elle a un instant oublié l'existence de Pupuce. Mme Picmol prend son chien dans ses bras, le serre trop fort, Pupuce couine, se débat, une passante intervient, mais vous lui faites mal enfin, Mme Picmol bredouille à la dame, excusez-moi monsieur, la dame secoue la tête, Mme Picmol lâche son chien, redescend sur terre, et reçoit la révélation. L'homme. Il lui manque l'homme. Le vrai. Le sien.

Mme Picmol court jusqu'à l'hôtel, ouvre la porte la première sans même le réaliser, file devant le portier hébété, entre dans sa chambre, se jette sur le lit.

– Pupuce, t'as besoin d'un papa. Mamine aussi. C'est mieux que d'aller mourir de froid à minuit. Y a aucune raison d'aller enquiquiner les bois qui me doivent rien. Tout de même, quand j'y pense... Vingt ans de plus que Mamine elle a, Clara ! Eh bé Clara voit clair. Comment qu'on fait pour voir et pouvoir ? Évidemment pour toi, Pupuce, c'est facile, tu vois pas plus loin que le bout de ta truffe ; la première mignonne qui passe, tu peux. Ah si Mamine était une caniche... Qu'est-ce que je raconte là. De l'inceste. Du cul illégal, si tu préfères. À la télé ils disent que ça se vend bien. Remarque qu'est-ce qu'on vend pas de nos jours. Dernièrement j'ai vu un reportage sur un peintre qui peint avec de la crotte. Plaf. Retour aux envoyeurs. Eh oui, tout est bon à prendre chez l'humain, comme dans le poulet. Ah là là Pupuce, t'es bien le plus propre. Toi tu crottes et tu laisses.

Non, sans rigoler Pupuce, où je me tue ou je deviens deux. Tu t'imagines si je vis, et sans toi, jusqu'à quatre-vingt-deux ans ? C'est courant. Ça fait encore trente ans. Deux fois la vie d'un chien bien soigné. Tu vois qu'il nous faut un papa. Un gentil petit papa qui t'aimerait qui m'aimerait qui ressemblerait à Edmond.

Mme Picmol sur le lit s'agite, retire son pantalon, son collant, sa culotte et. En pensant à Edmond. Puis s'endort.

C'est l'heure du dîner. Mme Picmol dans la salle blonde bien mignonne bien rajeunie dans son ensemble sable cherche la moustache grise, les cheveux blancs, le regard bleu d'Edmond qui n'est pas là. Clara s'attable un peu loin avec un monsieur maigre et serein. Ils se tiennent par la main. Clara fait un signe d'amitié à Mme Picmol puis se retire au fond des yeux du monsieur maigre. C'est son Georges, se dit Mme Picmol. Une larme timide roule sur sa joue. Mme Picmol qui ne sait plus. Dire sur qui sur quoi on pleure, pense Mme Picmol, savoir être précis c'est pas facile.

M. Kayser surgit au dessert.

Il s'empare des deux mains de Mme Picmol, les embrasse, s'assied, l'air épuisé.

– Angélique pardonnez-moi, j'ai quelques

ennuis avec mes affaires mais enfin tout est réglé. Cette fois, je ne bouge plus ! Tenez, c'est pour vous. Vous voyez, je ne vous oublie pas. Choisissez.

M. Kayser lance sur la table des échantillons de tissus. Il fait changer en vitesse les doubles rideaux de la future chambre d'Angélique. Rayures Louis XIII, toile de Jouy bergères marquis roses and co, velours broché, fleurs et fruits very british, Angélique choisissez quick quick. Mme Picmol s'émeut cuic cuic cuic le chant des oiseaux qu'Edmond est mignon.

Elle prend la main de M. Kayser. Croise le regard perplexe de Clara. Et se lance.

– Vous m'aimez bien Edmond ?

Edmond se lève.

Se tient droit devant sa chaise.

Se tourne vers Pupuce, ce soir descendu dans la salle blonde.

– Pupuce, j'ai l'honneur de vous demander la permission d'aimer votre maîtresse. De l'aimer corps et âme, chère Angélique, si je ne vous repousse pas trop.

– Mais au contraire !

Mme Picmol rougit, la moustache d'Edmond s'étire de plaisir. Mme Picmol pense à sa culotte. Elle a eu du nez. Ce soir elle a mis sa plus belle, la seule qui soit en dentelle les autres sont en coton banal pardi quand il faut tout changer c'est pas rien.

Edmond la dévore des yeux. Pourvu que je sache encore, se répète Mme Picmol bien inquiète. Seule ou à deux c'est pas pareil on reçoit plus mais faut partager et alors là depuis le temps qu'elle a pas. Mais qu'est-ce qu'elle a Clara à fixer Edmond comme ça, comme s'il s'agissait d'un revenant, Edmond la voit pas, heureusement.

Pour la tapisserie, Mme Picmol a choisi. Ce sera les marquises Edmond, roses avec les moutons.

Après le café ils montent dans la chambre de Mme Picmol. Pupuce grogne. Finit dans la salle de bains. Devant Pupuce, Mme Picmol peut pas.

Fébrile, M. Kayser la déshabille. Mme Picmol est toute nue. Un homme la regarde. Il ne se déshabille pas. Fait tourner et retourner devant lui Mme Picmol bien gênée, si elle avait su plus tôt elle aurait fait un peu de gymnastique, gommé ses bourrelets, musclé ses muscles. Il dit, tu me plais. Ses yeux brillent. Mme Picmol se tortille. Il s'approche, l'enlace, la renverse sur le lit. D'une main sûre sans fioritures lui écarte brusquement les jambes, de l'autre retire son pantalon. Et ça marche.

9

– Quelle belle mine vous avez ce matin, Angélique !

– Ah oui ? Je crois que vous m'avez influencée..., souffle Angélique dans le hall de l'hôtel. Edmond et moi... je sais pas comment j'ai fait mais voilà.

Clara se réjouit, félicite, refélicite, annonce qu'elle peut emménager dès cette après-midi, rejoignez-moi donc à l'appartement, Angélique, si vous avez le temps. Au fait, votre ami, je suis sûre de l'avoir rencontré, mais où... Mme Picmol sourit avec une gentille indulgence, répond Clara, ça je crois pas vous devez confondre, d'accord je passerai vers 15 heures.

Mme Picmol part à gauche, Clara part à droite, comme au théâtre.

Place du Château, Mme Picmol écourte son attendrissement habituel devant le château. Elle se dit qu'aujourd'hui elle a trop d'énergie. Pour s'attendrir, faut pas bouillir. Faut la bonne température. Sinon on peut pas déguster. Ce matin, j'ai pas la bonne température, conclut Mme Picmol en tournant le dos au château. L'énergie que ça peut vous transmettre, quand même, l'intimité ! L'être humain, au fond, c'est une prise. Si elle est pas branchée le courant peut pas passer. La prise a beau exister elle sert moins qu'un courant d'air qui lui au moins peut ouvrir ou fermer ce qui peut être ouvert ou fermé.

– Pupuce, dit tout haut Mme Picmol en se dirigeant vers le lac, c'est comme si j'avais les muscles en double depuis. Oui, depuis. Tu comprends ça Pupuce ? Non tu piges pas, toi après t'es complètement flagada.

Des nuages abondent, fondent, se reforment en grosses boucles grises. Le ciel frise.

Mme Picmol vagabonde le corps encore plein des plaisirs de la nuit. Elle est fière.

Dire qu'elle a su. S'est tout souvenu sans avoir à se souvenir.

Mme Picmol sautille dans la rue, ne se sent plus exclue, éprouve le besoin de courir sur la glace du lac, ses après-ski glissent, elle tombe se relève, ne s'est pas fait mal, ne peut pas se faire mal, ses muscles en double la portent, l'emportent, la soulèvent. La vie en boutons étincelle. Mais une ombre à l'horizon. Passe. Stagne. C'est celle d'Edmond ce matin réveillé à sept heures par le gérant de l'hôtel. Edmond sautant dans son pantalon comme un polisson surpris en flagrant délit. Bonjour madame veuillez m'excuser, a dit le gérant, je voudrais parler à M. Kayser c'est urgent. Mme Picmol a voulu savoir, mais enfin Edmond qu'est-ce qui se passe, un toupet ce gérant ! La question a irrité Edmond. Les prunelles aux éclats bleus inquiets, à ce soir Angélique, a dit Edmond dans un baiser pressé sur son front.

Mme Picmol fait le tour du lac. Médite et

rumine ses appréhensions. Y a quand même comme une faille dans notre relation, se dit Mme Picmol, où court-il toute la journée ? C'est quoi, ses affaires ?

Un soleil inattendu perce les nuages. Pupuce court loin devant. Il connaît la promenade. De temps en temps il se retourne, vérifie que Mamine suit. Une brune élégante en anorak richement fourré patine sur le lac gelé. Hiver comme été, l'entretien de ce lac coûte paraît-il une fortune. Mme Picmol suit des yeux la patineuse.

Tout à coup le ciel lui tombe sur la tête.

Mme Picmol en a marre. Marre du Chamois, marre de ces paysages de cartes postales, marre de sa cage dorée où elle s'est elle-même enfermée, marre du gérant qui intervient dans sa vie jusque dans son lit, marre de devoir toujours se contrôler, de devoir paraître, marre des serveurs, du sommelier, des femmes de chambre, du portier, marre de ces empressements cérémonieux pas donnés, de ces airs raffinés qui achètent et s'achètent, de ces voix posées qui se posent nulle part, de ces visages hâlés qui se ressemblent, de l'aisance stéréotypée des habitués, des ronronnements discrets, marre de la petite ville d'Estie. Hors de la vie. Pour la première fois depuis qu'elle est ici, Mme Picmol éprouve un sentiment de rétrécissement qui la stupéfie. C'est pas que ma vie de gardienne m'offre un large horizon, songe Mme Picmol, mais enfin c'était ma vie. Et on me payait pour cette vie-là. Tandis qu'ici ? Je paie pour une vie qui n'est pas la mienne, ne sera jamais la mienne, ici c'est que ma richesse d'opérette, des vacances comme celles-là c'est une seule fois dans ma vie mais quelle est ma vie aujourd'hui j'ai plus de vie ma vie dépend d'un homme qui a refait de moi une femme mais une femme sans vie propre même pas une minuscule aux Tilleuls. Alors c'est quoi ? C'est moins qu'un chien c'est moins que rien.

Mme Picmol rappelle Pupuce, lui met sa laisse, se dirige vers un salon de thé en essayant de ne pas perdre sa pensée, la pensée c'est comme une sauce si on la surveille pas elle tourne.

Au salon de thé, elle commande un baba et un grog comme ça si y a pas assez de rhum dans mon baba, se dit Mme Picmol, j'en ajouterai de mon grog. Donc, poursuit Mme Picmol, je me récapitule j'en ai marre du luxe, le luxe c'est merveilleux mais c'est immobile et les merveilles immobiles ça s'appelle des musées et moi je veux pas d'une vie de musée, faux par-dessus le marché, mon balcon au Chamois bien sûr seulement il est pas à moi, je suis de passage et je veux plus d'une vie de passage. Voilà exactement ce que je veux pas. Je veux faire mon café moi-même, aller chercher ma confiture, discuter avec mon épicier, mon boucher, mon boulanger, décorer moi-même ma chambre, inviter qui je veux. Alors Edmond. Cette nuit. Je veux encore. Je pourrais plus m'en passer, s'étonne Mme Picmol en goûtant son baba finalement bien arrosé, le rhum du grog ce sera pas la peine de l'ajouter. La chaleur revient.

Mme Picmol s'évente, se détend. Une vie nouvelle l'attend. Une vie à deux, tout simplement. Ce qui ne m'empêchera pas de travailler jusqu'à ma retraite, ça j'y tiens, songe Mme Picmol qui en est maintenant à son deuxième grog. La famille d'Edmond sera la mienne, de toute façon de ce côté-là j'ai pas tellement le choix. Maintenant je sais ce que je veux, c'est pas le luxe, c'est pas me faire servir au Chamois ou ailleurs, c'est un nid à moi. Toute seule au Chamois j'ai l'air de quoi, d'une oie au milieu des rois. Encore trois jours, Pupuce, et nous partons chez Edmond. Chez nous.

Pupuce aboie en plein salon, allergique au nom d'Edmond.

Il est 15 heures précises quand Mme Picmol sonne à la porte de chez Clara. Mme Picmol trouve sa nouvelle amie en plein labeur. Comment a-t-elle eu le temps de faire livrer tous ces cartons ? Il y en a partout qui jonchent le sol et qu'il faut enjamber pour avancer. Clara explique que c'est de la vaisselle qu'elle vient de faire livrer, et une couette, des draps, des torchons. Place du Château, elle a même trouvé un joli petit vase en céramique bleue, tenez, là, Angélique, roulé dans ce papier, derrière le carton à votre gauche.

Mme Picmol enjambe le carton, prend le vase avec précaution, ôte son papier d'emballage et pousse un cri.

– Quelque chose ne va pas, Angélique ?

Les yeux grands ouverts, Mme Picmol muette fixe la page de magazine qui enveloppait le vase de Clara.

– Angélique ?

Clara s'approche, jette un coup d'œil pardessus l'épaule de Mme Picmol et ne voit rien d'autre qu'un sapin de Noël, des décors de fête, de la belle porcelaine.

– Vous prenez des idées de décoration pour votre prochain Noël avec Edmond ? dit gaiement Clara en posant son vase sur une commode abandonnée là par le précédent locataire.

Mme Picmol ne répond pas, ne lâche pas le papier, semble sur le point de se désagréger. Le soleil décline, enveloppe les toits d'une lumière grise.

Clara étonnée prend Mme Picmol par les

épaules, dit, Angélique qu'est-ce que je peux faire. Mme Picmol laisse tomber la feuille à terre, balbutie abasourdie, rien merci pour moi c'est fini.

Sur le papier d'emballage du petit vase bleu, Mme Picmol a reconnu une des photos de famille d'Edmond prises à Noël : ses petits-enfants Aude et Charles-Edmond, ses fils Antoine et Luc Kayser et sa sœur Camille, gracieusement adossée contre la cheminée si joliment décorée. En réalité des mannequins dont le magazine cite les noms, sur la page juste en face. Edmond a dû photographier la page pour faire croire que. Pour se faire croire.

– Je sais ! s'écrie subitement Clara, où j'ai rencontré votre ami : ici ! Au sana ! Il était soigné au département psychiatrie où se trouvait mon amie, vous savez celle qui a fait une dépression nerveuse ? Mais heureusement votre ami, lui, est en hôpital de jour, il rentre chez lui le soir, tandis que mon amie, la pauvre, elle demeurait là-bas jour et nuit... Pour en revenir à votre ami, Angélique, je me souviens que deux ou trois soirs nous avons pris le même autobus. Il va mieux ?

Le destin de Madame Picmol

Figée d'horreur, Mme Picmol suspend son souffle, puis dit, viens Pupuce il se fait tard, bonsoir Clara.

10

Mme Picmol se contemple au-dessus de son lavabo, résiste à l'envie de briser le miroir qui lui renvoie sa tête de naufragée, puis s'abat sans une larme sur son lit. Il l'a bien eue. Le manoir, les enfants, la famille qui l'attend, du vent. Du vent au Chamois du vent dans les Tilleuls et même plus un zeste de rêve. De gardienne. Angélique-je-vous-aime. Et elle l'a cru ! Elle a cru un pauvre malade, un de ces types qui se racontent des histoires, qui s'inventent des vies, se dit Mme Picmol, ça existe, c'est une maladie, mais ces types sont pas des imbéciles, ils ont même de la logique, de la logique tissée comme une toile d'araignée pour attraper les gardiennes des Tilleuls qui croient encore aux princesses et aux fées.

Mme Picmol voudrait pouvoir pleurer. Edmond. Avant, avant le vase bleu prononcer son prénom était la caresse d'un doux son. Maintenant c'est la brûlure vive à laquelle elle tient, qui lui fait mal mais dont elle a besoin. La brûlure mieux que rien. Angélique-je-t'aime, leur nuit d'amour pleine de vie, sa vie de femme retrouvée. Envolée. Déjà. Une seule nuit et retour à la case départ. Départ sans retour à la case, elle n'a plus de case, plus de retour. Et dans trois jours le départ pour nulle part. Ses enfants. Ses petits-enfants. Sa sœur. En pensée elle s'y était attachée. Antoine et Luc, Aude et Charles-Edmond, Camille. Famille rêvée sur papier glacé, photos de magazine pour Noëls joyeux qui servent à envelopper des vases bleus.

Mme Picmol s'abîme et se brise. Il ne lui reste plus rien, sa vie est finie, elle a ce qu'elle mérite. Des nuages violines annoncent la nuit.

Mme Picmol les suit de son lit, écoute le vent qui bruit, surprend l'allumage des réverbères qui dorent la neige. Il est presque 6 heures. Mme Picmol ne sait plus que faire, sa nuit dernière encore étincelle, ils étaient si heureux, leurs corps en harmonie, désormais unis, croyait-elle, en une seule vie. L'imbécile. Mme Picmol amère se moque d'elle, s'injurie jusqu'à ce qu'enfin coule le chagrin.

La nuit tombe, il faut de nouveau sortir Pupuce, s'habiller pour le dîner. Mme Picmol ouvre sa penderie, prend une jupe défraîchie, un pull feutré, si elle en avait emporté un, elle descendrait en tablier. Exprès.

C'est l'heure de dîner. Mme Picmol arrive avant tout le monde mais pas avant M. Kayser qui l'attend en souriant tendrement.

– Quelle petite mine, Angélique... Que se passe-t-il ?

Mme Picmol ne regarde pas M. Kayser, ne s'arrête pas, ne répond pas. Elle s'installe à une table qui ne semble pas être réservée, derrière celle de M. Kayser. Le maître d'hôtel accourt, vous ne dînez pas avec M. Kayser ? Mme Picmol fait un signe négatif de la tête. M. Kayser éberlué se précipite vers elle.

– Mais Angélique... Qu'est-ce qu'il y a ?

– Laissez-moi, murmure Mme Picmol d'une petite voix tremblante, occupez-vous de vous-même, vous en avez bien besoin.

M. Kayser bouleversé insiste, dit, Angélique il faut s'expliquer, Mme Picmol les larmes aux yeux dit, y a des gens qu'il faut soigner, avant de pouvoir s'expliquer avec eux. Mon pauvre Edmond maintenant laissez-moi. Au même instant le gérant se dirige à pas rapides vers Edmond comme s'il avait un message urgent à lui transmettre. Mme Picmol en profite pour remonter dans sa chambre, elle descendra plus tard, quand Edmond aura dîné, quand il ne sera plus là.

Une heure plus tard trois jours plus tard. M. Kayser n'est plus là.

11

– Alors nous disons trois côtes de porc, six saucisses, et les rillettes...

Derrière sa machine à calculer, Mme Picmol, en tablier blanc immaculé, additionne. Ce matin, avant l'ouverture du magasin, elle a livré la viande au Chamois quitté deux ans auparavant. Pupuce et elle sauvés *in extremis* par Balthazar. La caissière du boucher qui sert le Chamois d'Or qui avant la servait. Les rôles ont changé, Mme Picmol pousse elle-même la porte-tambour de l'hôtel, le portier ne la regarde plus, ne se précipite plus. À chaque fois qu'elle le peut, Mme Picmol met un pied dans la salle à manger. Elle voit « leur » table encore chargée de rêves. Edmond, songe trop souvent Mme Picmol, il avait l'air si sincère. Edmond disparu trois jours avant son départ du Chamois. Avant son départ à elle. Forcément qu'il a disparu, le jour J arrivait et comment il aurait pu m'emmener dans sa fausse famille ? Le pauvre homme, s'attendrit Mme Picmol qui ne lui en veut plus, qui ne s'en veut plus, elle a bien rêvé, c'était quand même beau, les rêves c'est pas fait pour se réaliser.

Balthazar le boucher a pris la place du rêve.

C'est pas pareil.

Mme Picmol rend la monnaie aux clients, parfois s'imagine au manoir devant la grande cheminée avec Edmond, Pupuce, les enfants. Noël arrive et brille. Un bien beau conte. De magazine.

Balthazar n'est pas un conte, pas un mannequin de magazine. En quittant le Chamois d'Or, Mme Picmol et Pupuce ont logé pendant deux semaines dans une chambre mal chauffée du plus modeste hôtel du pays d'Estie, puis chez Balthazar le sauveur, dans une dépendance de la boucherie où le boucher a fait poser sur-le-champ douche et tapisseries.

Le boucher était soulagé d'avoir trouvé une caissière. Mme Picmol était soulagée d'avoir trouvé du travail. Elle a pu choisir son papier peint avec des marquises roses et des moutons.

La boucherie, c'est plus facile que les Tilleuls. Plus gratifiant. Et la dépendance de la boucherie, quelle chance, trois fois la superficie de la loge des Tilleuls. Mme Picmol avait l'impression d'avoir sa petite maison. Et les commerçants qui la saluaient comme l'une des leurs. Et les clients dans la rue qui la reconnaissaient, lui souriaient. Mme Picmol se disait qu'elle était une plante un peu fragile qu'on arrosait de soins attentifs qui la maintenaient en vie. De temps en temps, elle voyait Georges et Clara.

Les jours, les semaines passèrent. Balthazar appréciait sa caissière, matinale, soigneuse, rapide et travailleuse. Il était devenu le grand ami de Pupuce.

Un soir, des œillets à la main, le boucher frappa à la dépendance. Mme Picmol prit les œillets et le boucher. Ils s'aimaient bien, ils s'aimaient d'amitié, ils étaient seuls. Alors. Balthazar était content, Angélique était contente. À leur âge, le meilleur avenir c'est encore la sécurité.

Ils se sont mariés la veille du Carnaval, c'était même écrit dans le journal. Pour des motifs commerciaux, le boucher et la nouvelle bouchère n'ont pas fermé leur magasin, mais une semaine plus tard, c'est-à-dire aujourd'hui, ils s'en vont en voyage de noces dans le sud du pays. Mme Angélique Tracasse-Picmol, comme elle se fait appeler, s'en réjouit. Et se réjouit de sa vie avec Balthazar si gentil. Au lit ça peut aller aussi. Pas comme avec Edmond mais bon. Mme Picmol étudie l'anglais péniblement chaque lundi. Avec tous les étrangers qui louent, ça peut être utile, Balthazar l'a dit. Mme Picmol est bien fière de son cartable et de ses deux livres. Un pour le cours un pour les exercices. Malheureusement le livre de cours est pas bien fait il manque du vocabulaire de boucher mais enfin.

Au cours, Mme Picmol a entraîné Françoise, une des fleuristes de la ville. Françoise a des yeux noisette espiègles, de la fantaisie. En chemin elles font les sottes, se moquent des élèves, des professeurs, de leur classe. De Jouvence.

Mme Picmol ne parle jamais d'Edmond. Ni à Balthazar, ni à Clara, ni à Françoise. Parfois elle n'est plus sûre qu'il a traversé sa vie. Le mensonge gomme le passé auquel on croyait pour ne laisser qu'un peu de poussière. Edmond malade-menteur s'effiloche. Le mensonge. Le mensonge a désagrégé les atomes de leur histoire. Mme Picmol n'appartient plus aux Tilleuls. Ni au Chamois. Tout ça c'est loin. Mme Picmol est la femme de Balthazar, commerçante avec pignon sur rue, sur la rue la plus commerçante du pays d'Estie. Elle l'a fièrement annoncé à sa fille. Exceptionnellement Lorraine a répondu de suite. Quelle joie juste avant d'ouvrir le petit mot. Froid. « Espérons que ce mariage sera le bon. Félicitations pour l'instant. Lorraine Pernafieu-Robert. »

Il est 10 heures. C'est le printemps. Un vent parfumé vagabonde, s'engouffre, fait son petit fou dans l'automobile grise du boucher. Depuis deux heures, ils roulent vers le Sud. Dire quelle est la femme de Balthazar. Mme Picmol n'en revient pas, comme si une anomalie pourtant pas désagréable venait de vider sa vie.

Le Sud. La température augmente. Les arbres en fleurs colorent les champs, les oiseaux s'égosillent. Ils traversent des villes, des villages, des collines, des forêts, longent des lacs, piqueniquent au bord d'un étang. La boucherie s'éloigne. Le temps lâche prise. Rien de mal ne peut plus nous arriver, se dit Angélique, comme si, en voyage, elle atteignait une autre dimension placée sous la protection de quelque bienveillante éternité. La vie d'en bas qui enfin ne vous atteint pas. Bonnes vacances, souffle Angélique à son caniche, d'un petit air nostalgique.

Balthazar replet dans son nouveau confort familial parle de pêche dans la rivière qui traverse un village de sa connaissance. Mme Tracasse-Picmol acquiesce, elle déteste la pêche mais Balthazar puisque tu en as envie. C'est ton voyage de noces à toi aussi.

Balthazar pêche. Angélique se promène dans le village.

– Pour se tordre les chevilles, Pupuce, c'est l'idéal le médiéval. Les pavés pas au même niveau, quel cadeau. Tu t'en fiches, toi, t'as deux jambes pour rattraper les deux autres. Quand même, qu'est-ce que c'est beau ici. Tu trouves pas Pupuce ?

Angélique s'installe sur une place, à la terrasse d'un café. Elle écrit des cartes. À Clara. À Françoise. Une aussi à sa fille. « Merci de ton petit mot, oui cette fois c'est le bon mariage parce que vieillir toute seule c'est pas une vie c'est pas une mort c'est rien mais t'es trop jeune pour comprendre la vieillesse, alors comprends la jeunesse tant que tu la tiens. Affectueux baisers de mariage. Ta maman. »

Angélique a acheté trop de cartes, ne sait plus qu'en faire, elle écrit sur chacune d'entre elles « bon souvenir de notre voyage de noces » et se les adresse à la boucherie.

La partie de pêche finie, ils s'arrêtent dans une ferme-auberge chère, poutres et pierres, cheminée, meule de foin dans un coin, rangées de petits pots et serveurs en sabots. C'est comme à la ferme de la grand-mère d'Émile, songe Mme Picmol, mais en faux, alors allez savoir pourquoi qu'on paie plus cher le faux que le vrai, en peinture les originaux c'est mieux, alors pourquoi c'est pas pareil pour la nature, eh bé ça je sais pas, se dit Mme Picmol que la cuisine « grand-mère » de la ferme-auberge n'impressionne guère.

Le lendemain matin, pour la première fois depuis leur départ en voyage, il pleut. Il pleut même tellement que M. Tracasse et sa femme décident de rentrer au pays. Ils se sont bien reposés, ah ça oui, jubile le boucher, tandis qu'Angélique un peu mélancolique se répète que maintenant c'est fini elle a sa vie. Sa vie arrêtée à la caisse d'une boucherie. La boucherie des chiens d'Estie. Un petit sourire triste se forme et se défait sur les lèvres de Mme Picmol.

Avant de quitter le Sud, Angélique et Balthazar s'arrêtent par hasard dans un gros village où l'église enchante Angélique qui n'avait jamais vu auparavant des clochers carrés. Mais une rage de dents fait sursauter le boucher. Le mal ne se calme pas. Il empire. Il faut trouver un dentiste.

Mme Picmol dans la salle d'attente feuillette de vieux magazines. Franchement ce dentiste pourrait les renouveler.

Tout à coup, Mme Picmol s'immobilise. Dans une de ces vieilles revues, elle vient de reconnaître la page qui avait servi à envelopper le vase bleu de Clara ! Mme Picmol, les traits brusquement tirés, contemple la fausse famille d'Edmond, ces mannequins qui posent pour des Noëls en papier. Voilà la fausse sœur d'Edmond, si belle dans sa robe argentée, et à côté d'elle son faux mari les faux chérubins et...

Angélique déchiffre la page du magazine de plus près, la page 33 en face de la page 32 où se trouve la photographie de la famille, cette page 33 qu'elle n'a jamais vue, jamais lue :

Reportage de Noël dans les belles demeures, titre le magazine, puis en sous-titre : « La famille Kayser nous ouvre ses portes. »

La bouchère chancelle, se rattrape au bras du canapé. Des millions de 33 roulent sur Angélique qui porte les mains à ses tempes, elle ne peut pas y croire. Les mannequins, quand même, elle ne les avait pas rêvés ? Clara non plus n'avait pas rêvé ! Elle avait bien reconnu en Edmond le patient soigné au département psychiatrique du même hôpital que Georges ! Alors ? Alors Clara s'est trompée, elle a pris Edmond pour un autre, un autre qui ressemblait à Edmond mais qui n'était pas Edmond qui n'a peut-être pas menti.

Angélique devient livide. Elle vient de comprendre. Elle vient de comprendre que la double page arrachée et trouvée chez Clara était la page 32 reliée à la page 35. Que cette page 35 cite en effet des noms de mannequins adultes et enfants mais ne posant pas page 32 mais page 34 pour une photo de mode titrée *Noël haute couture* qui n'a rien à voir avec le reportage *Noël dans les belles demeures* où figurait bien, en effet, la famille Kayser !

Blême, un mouchoir sur la bouche, les yeux exorbités, Angélique réalise. Elle a joué son remariage sur une erreur de page. Le village d'Edmond, elle y est. Elle reconnaît dans le magazine l'église au clocher carré, Angélique en voyage de noces au pays d'Edmond.

Mme Picmol met son manteau, prend Pupuce resté dans la voiture, s'enfuit en direction de l'église où elle espère trouver un taxi, un autobus, une charrette, quelqu'un qui la conduira au manoir. Edmond ! Elle veut le revoir, lui demander pardon, lui dire qu'elle va divorcer enfin non enfin si enfin ça dépendra. Mme Picmol se dit, je deviens folle.

Beaucoup de voitures sont garées place de l'église où l'on trouve aussi une fleuriste et un café bleu. Mme Picmol entre au café, demande si elle peut avoir un taxi pour aller chez la famille Kayser à moins qu'elle puisse y aller à pied ?

– Vous revenez de la messe ? dit le cafetier en tirant un demi de bière.

– Non, mais j'ai rendez-vous avec M. Edmond Kayser et...

– Avec quel Kayser, ma petite dame ?

– Edmond, articule péniblement Mme Picmol qui jette un regard effaré sur la place où des portières de voitures claquent dans un va-et-vient de gens élégants.

Le cafetier agite dans un verre un torchon tortillé, dit, madame doit y avoir une erreur parce que le pauvre Edmond il va pas fort il est mort.

– Qu'est-que vous dites ?

– Oui, dans un accident d'auto oh y a bien deux ans allez. Il revenait d'un voyage d'affaires si c'est bête... Il se reposait à la montagne, à deux pas du château de la princesse Estelle, et le boulot l'a rattrapé, le pauvre type, même en vacances, et voilà ça l'a tué.

Angélique vacille.

– Vous plaisantez ?

– Eh non je plaisante pas, ça plaisante pas

le verglas. Le pauvre vieux il a dérapé. Mort sur le coup. Aujourd'hui on fête enfin fête c'est pas le mot mais c'est la messe d'anniversaire de sa mort. Enfin si vous n'êtes pas une proche, vous pouviez pas savoir.

La tête baissée, Mme Picmol revient chez le dentiste chez qui elle n'entre pas. Elle se dirige vers la voiture de Balthazar, se laisse tomber sur le siège arrière. Mme Picmol voudrait parler à Pupuce, mais ses mâchoires si dures vont finir par se fendre comme de la glace.

– Qu'est-ce que tu fais à l'arrière ?

Une main sur sa joue, Balthazar reprend le volant.

Mme Picmol est remontée devant.

– Tu me demandes pas si je vais mieux ?

– Tu vas mieux ? répète Mme Picmol avec une petite voix étrangère.

– Mais qu'est-ce que t'as, mon petit ? T'en fais une tête ! On dirait que tu viens de perdre quelqu'un !

Angélique frissonne.

– Enfin notre voyage de noces s'est bien

passé, voilà une bonne chose de faite, hein, mon petit, dit Balthazar en caressant sa joue avec précaution. Ça va faire du bien, tiens, de rouvrir le magasin. Pas vrai ?

– Oui mais démarre ! hurle Mme Picmol, démarre !

Composition IGS
Impression Bussière en mai 2006
Editions Albin Michel
22, rue Huyghens, 75014 Paris www.albin-michel.fr
N° d'édition : 24361. – N° d'impression : 061886/4.
Dépôt légal : juin 2006.
ISBN 2-226-17325-0
Imprimé en France.